KB121240

로크미디어가
유혹하는
재미있는 세상

ROK
MEDIA
로크미디어

사상 최강의
양손투수

사상 최강의 양손 투수 5

2023년 7월 20일 초판 1쇄 인쇄
2023년 7월 25일 초판 1쇄 발행

지은이 RAS
발행인 강준규

기획 이기헌 왕소현 임동관 박경무 강민구 조익현
책임편집 천기덕
마케팅지원 이원선

발행처 (주)로크미디어
출판등록 2003년 3월 24일
주소 서울시 마포구 마포대로 45 일진빌딩 6층
Tel (02)3273-5135 Fax (02)3273-5134
홈페이지 rokmedia.com E-mail rokmedia@empas.com

© RAS, 2023

값 9,000원

ISBN 979-11-408-0945-5 (5권)
ISBN 979-11-408-0940-0 04810 (세트)

CONTENTS

지피지기면 백전불태   7

이번엔 어떻게 요리해 줄까?   63

김신   119

함 해 보입시더   179

BABIP   239

지피지기면 백전불태

　스포츠를 좋아하는 한국인에게 '한일전'이란 말은 언제 들어도 가슴 뛰는 단어고.

　딱히 팀의 미래에 큰 영향이 없는 페넌트레이스에서 만났다고 해도 각 일간지의 스포츠란 1면이 도배되는 건 특별할 것도 없는 일이다.

　그런데 하물며 일반적인 페넌트레이스도 아닌 포스트 시즌, 그것도 시리즈의 향방을 가를 가장 중요하다고 평가받는 1차전에서의 맞대결이라면 결과는 말하지 않아도 뻔한 것이었다.

　〈뉴욕 양키스와 텍사스 레인저스의 DS 1차전, 한일 선발 맞대결 성사 가능성 높아〉

〈김신, 한국인 최초 메이저리그 포스트 시즌 1차전 선발?〉

〈역대 메이저리그 한일전 전적은? 7승 1무로 한국의 압도적인 우세!〉

〈최초의 포스트 시즌 한일전! 팀의 운명을 짊어진 승부!〉

더군다나 불펜이나 팀의 하위 선발이 아닌 1, 2선발.

명실상부한 에이스 대결이 예상되는 데다 그것이 한국인 최초의 메이저리그 포스트 시즌 1차전 선발이었으니 그 반향은 더욱 막대했다.

─한국인 최초 포시 1차전 선발인데 그게 한일전이야 ㄷㄷ; 타이밍 오진다.

─한일전이라기엔 너무 긴장감이 없는데? 어차피 김신이 이길 거 아냐.

─ㅋㅋㅋㅋㅋㅋㅋ 솔직히 누굴 붙여 놔도 뭐…… 갓김 앞에선 평등하지.

─근데 다르빗슈 타이브레이크도 뛰었는데 또 나올 수 있음?

─ㅇㅇ 떨어지면 끝인데 하루 덜 쉬어도 당겨써야지. 맷 해리슨도 사흘 쉬고 나왔음.

─그건 그렇고, 7승 1무 오지네 ㅋㅋㅋㅋ 고럼. 일본 상대로는 이 악물고 던져야지.

─박천후부터 시작해서 리얼 지질 않음. 마지막은 김신이 장식했

고. 이번에도 이기면 전통급 ㅋㅋ

아직 선발 라인업은 물론이고 디비전 시리즈 로스터조차 공개되지 않았음에도, 한국 팬들이 과거 기록까지 뒤져 가며 열을 올린 건 물론이거니와.

일본 팬들 또한 무수한 관심을 보냈다.

　─다르빗슈 상이 잘하긴 해도 김신은 솔직히 좀…… 지난번에 만났을 때랑 위상이 다르다.
　─일한전은 무슨 일한전! 일본인 투타 맞대결이다! 요시!

양 팀의 상황상 김신과 다르빗슈 유가 로스터에서 제외된다는 건 있을 수 없는 일인 데다, 지면 끝장인 포스트 시즌에서 두 선수를 아낄 리가 없다고 생각했기 때문이었다.

그렇게 김신이 품었던 기대감이 양 팀 팬들에게 옮겨 갔을 시각.

디비전 시리즈를 하루 남긴 10월 6일, 핀스트라이프가 가득한 클럽하우스에 상반된 감정이 담긴 감탄사가 울려 퍼졌다.

"오우!"

"아……."

네 명의 선발과 여덟 명의 불펜, 열셋의 야수. 총 25인으로 이루어진 명단.

2012시즌 가장 정상에 가까운 팀, 뉴욕 양키스의 디비전 시리즈 로스터.

어쩌면 평생을 추억할 자리의 주인이 공개된 것이었다.

손에 땀을 쥐며, 델린 베탄시스가 명단을 훑었다.

〈선발 투수(Starting Pitcher)〉

김신, C.C. 사바시아, 앤디 페티트, 필 휴즈.

〈불펜 투수(Bullpen Pitcher)〉

이반 노바, 코리 클루버, 조바 체임벌린, 델린 베탄시스, 라파엘 소리아노, 데이비드 로버트슨, 마리아노 리베라, 클레이 라파다.

〈내야수(Infielder)〉

데릭 지터, 마크 테세이라, 에두아르도 누네즈, 조시 도널드슨, 제이슨 닉스, 매니 마차도.

〈외야수(Outfielder)〉

브렛 가드너, 추신서, 커티스 그랜더슨, 스즈키 이치로, 닉 스위셔.

〈포수(Catcher)〉

러셀 마틴, 게리 산체스.

그 안에서 자신의 이름을 찾아 낸 델린 베탄시스는 주먹을 거세게 움켜쥐었다.

'됐어……!'

두 자리를 놓고 좌완 원 포인트 릴리프 두 명과 델린 베탄시스를 저울질하던 조 지라디 감독이 결국 클레이 라파다와 델렌 베탄시스를 선택한 것.

비록 필승조도 아닐 게 확실하고, 시리즈별로 로스터가 바뀌는 포스트 시즌의 특성상 아직은 갈 길이 먼 디비전 시리즈 로스터일 뿐이었으나.

델린 베탄시스의 가슴은 벅차게 뛰었다.

'마차도도 됐군!'

집에서 경기를 지켜보게 된 동료들도 같은 자리에 있었기에 표현은 못했지만, 함께 올라왔던 매니 마차도와 시선을 마주치며 기쁨을 나눈 델린 베탄시스.

그의 시선이 적잖이 피로해 보이는 조 지라디 감독을 거쳐, 한 남자를 찾아 헤맸다.

그가 포스트 시즌 로스터에 들기를 염원하게 된 것은 물론이거니와 그 안에 들어가는 데도 큰 이바지를 한 존재.

김신.

델린 베탄시스가 그의 얼굴을 눈동자에 담을 무렵.

그뿐만 아니라 몇몇 사람의 고개가 김신에게로 돌아갔을 찰나.

조 지라디 감독의 음성이 좌중을 주목시켰다.

"1차전 선발은…… 김신, 너다. 믿고 맡겨도 되겠지?"

"물론입니다."

단단한 대답과 함께.

악의 제국, 뉴욕 양키스의 1선발이 결정되었다.

그의 이름은 김신(金信). 이 세상 그 누구보다도 '믿음'이라는 단어가 잘 어울리는 남자였다.

양키스 프런트는 즉각 당일에 제출할 선발 라인업을 제외한 디비전 시리즈 로스터와 김신의 선발을 언론에 예고했다.

내부적인 공지에 사용한 것이 아닌 투수, 내야수, 외야수, 포수만으로 좀 더 간단히 나뉜 명단으로.

〈김신, 한국인 최초 MLB 포스트 시즌 1차전 선발 확정!〉

이변 없는, 누구나 예상 가능한 수준이었기에 대부분의 야구팬은 가볍게 고개를 끄덕인 뒤 상대 팀인 텍사스 레인저스의 발표를 기다렸다.

그리고 이어진 텍사스 레인저스의 발표 또한 많은 사람의 기대를 충족시키면서.

〈텍사스 레인저스의 DS 1차전 선발은 다르빗슈 유!〉

〈이번은 없었다! 한일 선발 맞대결 현실로!〉

한미일 삼국의 시선이 텍사스 레인저스의 홈구장, 레인저스 볼파크 인 알링턴으로 향했다.

☺

[안녕하십니까, 시청자 여러분! 우리 한국의 자랑스러운 메이저리거 김신 선수와 일본의 자존심 다르빗슈 유 선수의 맞대결이 펼쳐질 레인저스 볼파크 인 알링턴에서 인사드립니다. 오늘 경기, 어떻게 보십니까. 아무래도 양키스가 우세하다는 평이 많은데요.]

[같은 의견입니다. 물론 텍사스 레인저스도 시즌 93승을 거둔 강팀이고, 타선은 메이저리그에서 다섯 손가락 안에 든다고 평가됩니다만……아무래도 양키스에 비하면 빛이 바래죠. 마운드의 높이 또한 양키스의 우세가 아닐 수 없습니다. 아무리 다르빗슈 유 선수가 후반기 좋은 활약을 펼쳤다지만…….]

[우리 김신 선수가 좀 더 위다, 이런 말씀이시군요.]

[그렇습니다.]

10월의 어둠 속에 조명 빛을 밝힌 레인저스 볼파크 인 알링턴.

1회 초, 다르빗슈 유가 마운드에 올랐다.

[경기 시작합니다! 다르빗슈 유, 데릭 지터 선수를 상대합니다.]

전반기의 부진을 극복하고 포심 제구를 안정화하면서 후반기 훌륭한 성적을 거뒀던 다르빗슈 유.

  그의 장기인 다양한 브레이킹 볼이 데릭 지터를 현혹시켰다.

  뻐엉—!

  [아, 삼진! 다르빗슈 유 선수가 첫 아웃 카운트를 삼진으로 잡아냅니다.]

  [확실히 포스트 시즌이죠? 처음부터 풀카운트 승부가 나옵니다. 텍사스 레인저스도 뉴욕 양키스도 신중하게 승부합니다.]

  [아무래도 페넌트레이스 때와는 무게감이 다를 수밖에 없겠죠. 그것도 1차전 아닙니까.]

  [그렇습니다. 전통적으로 1차전을 잡은 팀이 시리즈를 제압할 확률이 높죠. 그만큼 양 팀 모두 혼신의 힘을 다할 겁니다.]

  다음 타자를 기다리며 1차전의 중요성을 역설하는 해설진.

  그러나 바로 그 순간, 캐스터의 입에서 경악성이 터져 나왔다.

  [엇! 뭔가요! 이게 뭔가요! 투수 교체? 투수 교체가 있는 것 같습니다.]

  [이건…… 이건 퀵 후크도 아닙니다. 위장 선발이에요, 위장 선발! 텍사스 레인저스가 뒤통수를 칩니다! 이건 아니죠!]

  [경기 중단됩니다. 텍사스 레인저스의 투수 교체! 다르빗슈 유 선수가 단 한 타자만을 상대하고 마운드를 내려갑니다!]

  위장 선발. 예고했던 선발 투수를 1이닝 안에 내림으로써 상대 팀의 뒤통수를 치는 일종의 전략이자 꼼수.

상대방의 허를 찌르기 위한 기책(奇策)이었다.

해설진뿐만 아니라 한미일을 가리지 않고 팬 커뮤니티 또한 당황이 난무했다.

ー칙쇼! 대일본의 투수를 뭐로 보는 거야!

ー사무라이 정신이라곤 없는 자식들!

일본은 다르빗슈의 강판을 쉽사리 받아들이지 못했으며.

ー뭐임 이거? 1회에 바로 교체??

ー포스트 시즌에서 위장 선발 오졌다 ㅋㅋㅋㅋㅋㅋ 한국의 누군가가 생각나네. 투수 갈아 버리기로 유명한 그분.

ー이거 사기 아니냐?

ー사기까진 아님. 엄연히 룰에는 저촉되지 않으니까. 뭐. 그래도 매너상 아니긴 하지.

ー다르빗슈 꼬리 말고 도망가는 거?

ー존× 매너 없네. 포시에서 이게 뭐임?

한국 또한 텍사스 레인저스의 감독, 론 워싱턴을 성토하기 바빴다.

하지만 미국에서는.

-Son Of B×tch!

-뭘 그럼? 저것도 작전인데.

-놔 둬. 양키스잖아.

양키스 팬들만 난리를 쳤을 뿐, 대다수의 팬들이 '그게 뭐 어때서'의 스탠스를 취했다.

정정당당함을 베이스로 삼는 한국, 일본의 야구 정서와.

룰에 저촉되지 않으면 승리를 위해 어떤 작전을 써도 되며, 걸리면 제재하겠지만 걸리지만 않으면 반칙성 플레이도 허용하는 미국의 야구 정서가 달랐기에 생기는 차이.

누의 공과도 어필하지 않으면 잡지 않고, 프레이밍이나 도루의 태생과도 관련이 있는 그런 인식 때문에 생겨난 차이였다.

오히려 미국 팬들은 다른 부분에 더 주목했다.

-근데 이렇게 해 봐야 뭐가 남음? 어차피 양키스가 플래툰을 돌린 것도 아니고, 그냥 힘으로 두들겨 패려고 나왔는데.

양키스가 다르빗슈에 맞춰 좌타자로 타선을 도배한 것도 아니고, 선발도 그냥 제일 강력한 카드를 내밀었을 뿐인데 텍사스 레인저스의 위장 선발이 무슨 의미가 있냐는 의문.

여러 가지 갑론을박이 난무한 끝에.

텍사스 레인저스의 새로운 투수, 4~5선발로 평가되는 마틴 페레즈의 이름을 확인한 뒤 게재된 한 가지 의견이 지지를 얻었다.

　─음, 그냥 1차전은 버리겠다는 거 아닐까? 김신 상대로 힘 빼 봐야 소모만 되니까. 아꼈다가 2, 3, 4차전에 모조리 쏟아 붓겠다는 그런 작전.

　　└이건 거 같다. 2차전 1선발 맷 해리슨, 3차전 2선발 다르빗슈 유, 4차전 3선발 데릭 홀랜드. 이렇게 갈 거 같네.

　　└이거밖에 없지. 와, 그래도 1차전을 버려? 그것도 홈 경기를? 김신이 대단하긴 대단하구나.

　경기 중이라 확인할 순 없었겠지만, 아마 론 워싱턴이 봤다면 반만 맞았다고 할 의견이었다. 뉴욕 양키스를 위해 론 워싱턴이 준비한 수는 그게 끝이 아니었으니까.

　'아무리 그래도 1차전을 그냥 포기할 순 없지. 막아 내라, 페레즈!'

　그리고.

　따악─!

　[1, 2루 간! 이안 킨슬러가 커트해 냅니다! 2루에서 아웃! 1루에서도…… 아웃됩니다! 커티스 그랜더슨의 병살타로 1회 초, 양키스의 공격이 종료됩니다. 텍사스 레인저스가 다르빗슈 유 선수를 1타자만 상대하도록 하고 내리는 강수, 위장 선발 작전을 사용했다는 소식을 전해 드리

면서, 잠시 후 1회 말에 다시 찾아뵙겠습니다.]

그 작전을 위한 첫 단계, 1회 초 무실점이 성공하면서.

텍사스 레인저스를 지휘하는 백전노장의 눈이 심유하게 깊어졌다.

그러나.

'별 소용없을 텐데.'

차례를 기다리던 양키스의 에이스는 피식 웃을 뿐이었다.

기책(奇策).

남들이 흔히 생각할 수 없는 기묘한 꾀.

적을 속여 넘기기 위해 사용하는 기묘한 책략.

고래로 명장(名將)이라 불린 수많은 장수는 대부분 기책을 자유자재로 사용한 사람들이었다.

왜냐?

골리앗을 이긴 다윗, 언더도그의 승리는 언제나 강한 인상을 남기는 법이고, 명장이라는 건 불리한 상황을 뒤엎은 역전의 명수라는 이야기였으니까.

하지만 조금만 뒤집어 생각해 보면.

애초에 다윗의 승리가 강한 인상을 남기는 이유는 체급을 뛰어넘은 그런 드라마가 거의 벌어지지 않기 때문이고.

명장의 이름이 역사에 길이길이 남는 이유는 수십 년에 한 번 나올까 말까 한 그런 명장들이 아니면, 그만큼 뛰어나지 못하면 우직하게 군략을 따르는 범장을 이길 수 없기 때문이다.

기책은 결국 기책일 뿐.

기책만으로 전쟁에서 승리할 수 있었다면 정공법(正攻法)이란 단어에 '바를 정' 자는 왜 들어가겠는가.

한니발, 제갈공명 등 그토록 뛰어나다 평가받는 초인들이 어찌하여 자신의 목표를 이루지 못하고 스러졌겠는가.

범전자(凡戰者) 이정합(以正合) 이기승(以奇勝).

무릇 싸움은 정(正)으로써 합하고, 기(奇)로써 이긴다고 했다.

기책만으로 이길 수 있는 건 결국 작은 전투뿐이고.

전쟁에서 이겨 대제국을 건설하기 위해서는 튼튼한 정(正)의 뿌리가 기반이 되어야 한다.

이것은 진부하디진부한 클리셰가 끊임없이 사용되는 이유와도 같으며, 다양한 변화구가 개발됐음에도 속구가 여전히 가장 강력한 구종인 이유와도 같다.

그런 의미에서.

뻐엉-!

김신과 양키스는 작은 기책에 흔들릴 정도로 뿌리 얕은 나무가 아니었다.

"스트라이크!"

피칭에 대한 교과서가 있었다면 필히 게재됐을 법한 정교한 바깥쪽 낮은 코스의 포심 패스트볼.

뻐엉-!

"스트라이크!"

우타자에겐 공식처럼 이어지는 오프 스피드 피치, 서클 체인지업.

[0-2! 공 두 개로 순식간에 투 스트라이크를 잡는 김신 선수! 과연 압도적입니다!]

[이안 킨슬러 선수라면 리그에서 수위로 꼽히는 리드오프인데요. 전혀 칠 엄두를 내지 못하고 있어요!]

정공법만으로도 능히 승리할 수 있는 남자.

김신의 흔들리지 않는 투구에 위장 선발의 충격 따위는 금세 가라앉았다.

그 굳건한 모습에, 텍사스 레인저스 더그아웃이 움직였다.

"쯧. 저 자식은 기복도 없나 보군."

"작전 지시할까요?"

"그래."

더그아웃 바로 앞에서 1루 코치가 보내는 사인에 이안 킨슬러의 눈빛이 바뀐 순간.

쐐액-!

김신의 손에서 흰 공이 떠나고.

[기습 번트! 기습 번트입니다!]

이안 킨슬러의 배트가 길게 누웠다.

따악-!

3루 라인을 타고 흐르는 타구.

급히 대시한 김신이 그 공을 잡아 1루로 송구했지만.

뻐엉-!

"세이프!"

[세이프입니다! 기습 번트로 1루를 훔치는 이안 킨슬러! 이게 웬일인가요? 투 스트라이크 후 번트 시도! 흔히 볼 수 없는 과감한 작전입니다!]

이번 시즌 20-20, 지난 시즌 30-30을 기록한 호타 준족을 막기에는 조금 모자랐다.

2스트라이크 이후에 나올 거라곤 예상치 못한, 삼진의 위험을 감수한 말 그대로 기습.

아무리 스위치 피처라지만 좌완으로 던질 때는 평범한 좌완 투수와 똑같이 1루 송구를 위해 반 바퀴 회전해야 하는, 0.5초 미만의 간극을 노린 과감한 플레이였다.

[어떻게 보면 김신 선수를 인정한 거나 다름없습니다. 2스트라이크 후에 번트를 댈 정도로 절박한 작전이 아니면 출루하기 어렵다고 판단했다는 거거든요?]

[아, 그게 또 그렇게 되나요?]

[예. 아마 기록을 찾아봐도 포스트 시즌에서, 그것도 리드오프가 이런 작전을 수행한 건 거의 없을 겁니다.]

[그렇군요. 그래도 무사 1루가 된 건 변함이 없는 사실입니다.]

[물론 그렇지만 고작 1루입니다. 우리 김신 선수라면 충분히 극복해 낼 수 있어요.]

한국 해설은 연신 국뽕 고취를 위해 힘썼으나 중계를 지켜보는 팬들은 물론이거니와 김신 또한 알고 있었다.

'한 방 먹었군.'

그러나 거기서 끝이 아니었다.

이안 킨슬러는 김신과 눈을 마주치면서도 긴 리드 폭을 가져가며 계속된 흔들기를 시도했고.

뻐엉-!

[세이프! 견제구를 하나 던져 보는 김신 선수입니다.]

[비록 아웃은 되지 않았지만 의미가 있어요. 저렇게 견제구 한 번씩 던져 줘야 주자가 위축되거든요. 잘했습니다. 좌완을 선택했기 때문에 이런 플레이가 가능하죠.]

견제구에도 아랑곳하지 않게 살금살금 리드 폭을 다시 늘리더니.

[무사 1루. 타석에는 2번 타자 엘비스 앤드루스. 김신 선수 초구……앗! 주자 뜁니다!]

엘비스 앤드루스의 스윙에 맞춰 득달같이 2루를 향해 달려들었다.

그 결과는.

뻐엉-!

"세이프!"

다시 한번 세이프.

팝 타임이 빠르기로 유명한 러셀 마틴조차 저지하지 못할 정도로 완벽히 타이밍을 뺏은 도루였다.

[아…… 세이프입니다. 1회 말부터 득점권에 주자가 나갑니다.]

전형적인 스몰 볼, 런 앤드 히트 작전.

평소 타선의 힘을 바탕으로 빅 볼을 추구하는 텍사스 레인저스의 스타일과는 상반된 경기 운영이었다.

그리고 다음 순간.

텍사스 레인저스의 계속된 작전이 빛을 발했다.

따악-!

[다시 기습 번트! 김신 선수 잡아서 1루에…… 아웃입니다! 타자 주자는 아웃! 하지만 2루 주자는 3루까지 갔습니다!]

[이건 위험한데요. 이제 희생플라이 하나로도 선취점이 나올 수 있습니다. 위기예요, 김신 선수!]

같은 실수를 반복하지 않는 김신이기에 타자 주자는 잡아냈지만, 어쨌든 2루 주자를 3루로 보내는 희생 번트의 성공.

1사 3루.

희생플라이 하나만으로도 득점이 가능한 절호의 기회.

텍사스 레인저스의 다음 타자는.

[나우 배팅, 넘버 32! 조시- 해밀턴-!]

마약 중독을 떨쳐 내고 2010 아메리칸리그 MVP에 빛나는 인간 승리의 상징.

미겔 카브레라, 커티스 그랜더슨과 마지막까지 홈런왕 경쟁을 펼친 텍사스 레인저스 최고의 강타자.

희생플라이 정도는 손쉽게 때려 낼 수 있는 남자였다.

"……."

1회부터 김신에게 예상외의 위기가 도래했다.

포스트 시즌에서 1차전의 중요성은 아무리 강조해도 부족하지 않다.

기선을 제압하고 분위기를 주도할 수 있다는 것뿐 아니라 객관적인 기록으로도 KBO의 경우 2020년까지 준플레이오프 1차전 승리 팀이 100% 플레이오프로 진출했을 정도로 막대한 의미를 가진다.

그런 경기에서 1회부터 찾아온 예상치 못한 위기에 김신 또한 놀랄 수밖에 없었다.

'위장 선발, 2스트라이크 후 기습 번트, 런 앤드 히트, 다시 기습 번트. 그리고 타석엔 슬러거. 솔직히 잘 준비했다. 훌륭해.'

경기를 반쯤 포기한 듯한 위장 선발과 투 스트라이크까지 지켜본다는 심리전을 이용한 기습.

그 기습 번트를 성공시키기 위해, 100마일을 던지는 투수에게서 2루를 빼앗아 내기 위해 수백 번은 영상을 돌려 보며 타이밍을 쟀을 준비성과 짧은 준비 시간에 그걸 실현 가능하게 했을 노력.

조시 해밀턴이란 슬러거로 이어지는 마지막 마무리를 위한 판짜기까지.

아무리 적이라지만 칭찬할 수밖에 없었다.

하지만 칭찬은 칭찬이고 승부는 승부. 과거의 복기를 통해 미래를 판단하기 위한 김신의 두뇌가 맹렬히 돌았다.

조시 해밀턴은 어떻게 해서든 공을 외야로 날려 보내기 위해 큰 스윙을 가져갈 것이다.

그렇다고 유인구 위주로 피칭을 하기엔 대기 타석에서 버티고 있는 아드레안 벨트레라는 베테랑의 이름이 무겁고, 홈스틸의 가능성도 간과할 순 없다.

하지만 그런 이유로 홈스틸을 견제하고자 우완 투구를 가져가기엔 조시 해밀턴은 좌타자고, 오늘 텍사스 레인저스의 준비성을 봤을 땐 구종 수가 더 적은 우완의 게스 히팅을 준비했을 수도 있다.

생각하면 생각할수록 진퇴양난의 함정.

그러나 과정은 길었으되, 실제로는 심판이 주의조차 생각지 않을 만큼 짧은 수 초 안에 김신은 결론에 도달했다.

공을 배트에 못 맞추게 하면 모두 해결되는 일이 아닌가.

'삼진.'

삼진, 그것도 홈스틸은 꿈도 꾸지 못할 속구를 이용한 삼진.

2012 메이저리그 구종 가치 1위에 빛나는 마구에 대한 믿음으로, 김신이 왼손을 높이 들었다.

[김신 선수, 초구!]

관중조차 어색한 상황 속 세트 포지션에서 튀어나온 속구가 미트를 꿰뚫었다.

부우웅-!

"스트라이크!"

배터 박스에 바짝 붙지 않고는 치기 어려운, 바깥쪽 끝에 절묘하게 걸치는 공.

조시 해밀턴이 배터 박스 라인으로 몸을 조금 움직이는 즉시, 김신의 업 템포 투구가 이어졌다.

뻐엉-!

"스트라이크!"

타자가 엉덩이를 뒤로 뺄 정도로 위협적이었으나 결코 스트라이크존을 벗어나지는 않는 몸 쪽 핀 포인트 속구.

이를 악문 조시 해밀턴을 향해, 김신의 마지막 탄환이 날아들었다.

부우웅-!

"스트라이크아웃!"

어퍼 스윙을 주로 사용하는 슬러거가 치기 어려운, 높은 코스의 탄착군을 가진 하이 패스트볼.

심지어 눈앞에서 떠오르는 듯한, 타자의 감각과 경험을 농락하는 그 공을 조시 해밀턴은 건드리지 못했다.

[삼진! 삼진입니다! 투아웃! 이제 플라이를 쳐도 득점과는 무관합니다! 오히려 좋아요! 플라이 하나면 끝납니다!]

[이거죠! 이거예요! 어떻게 김신 선수가 무결점 시즌을 달성했느냐! 바로 이거거든요! 포심이 올 걸 알아도 칠 수가 없습니다! 그야말로 언터처블이에요!]

정공법이 바른(正) 공격(攻) 방법(法)이라고 불리는 까닭.

그것은 상대가 어떻게 나올지 익히 알고 있어도.

실력 대 실력, 힘 대 힘에서 이기지 못하면 어찌할 바가 없기 때문이 아니겠는가.

현재 메이저리그에서 가장 강력한 정권을 가진 투수가 로진 백을 가볍게 흔들다 떨어뜨렸다.

툭-.

'이제 하나.'

그와 정확하게 반대되도록.

다음 타자, 아드리안 벨트레의 눈앞에서 공이 허공으로 솟아올랐다.

강물을 거스르는 연어처럼.

부우웅-!

[스트라이크-! 업 슛! 정말 예술적인 업 슛입니다!]

[아마 아드리안 벨트레 선수는 지금이 끔찍한 악몽처럼 느껴질 겁니

다. 예전에 김범헌 선수에게 가장 많은 삼진을 헌납한 선수가 바로 이 아드리안 벨트레 선수거든요. 그런데·그와 똑같은 공을 던지는 투수가, 심지어 똑같은 한국인 투수가 눈앞에 서 있으니 얼마나 간담이 서늘하겠습니까.]

[하하, 그것도 참 재밌는 우연이네요.]

10년 전, 마이너를 3개월 만에 박살 내고 혜성처럼 등장해 전미의 야구팬들을 경악시켰던 한국산 핵잠수함의 위용이 최대 피해자 앞에서 재현됐다.

0-1.

왼손에 낀 글러브 속에 흰 이빨을 숨긴 채.

3루에 선 이안 킨슬러와 다시 한번 눈을 마주침으로써 그를 베이스에 꼼짝없이 묶어 둔 김신이 보란 듯이 다음 공을 던졌다.

뻐엉-!

[볼입니다. 가까스로 방망이를 멈춰 세우는 아드리안 벨트레! 1-1이 됩니다.]

[물론 볼이 되긴 했지마는, 저 슬라이더 각도 좀 보세요. 타자 입장에선 몸 쪽 공인 줄 알았는데 어느새 바깥쪽에 꽂혀 들어오는 느낌일 겁니다.]

카운트는 동률이 됐지만 그것은 단지 한순간의 유예일 뿐.

탄탄한 정공법의 뿌리 위에 활짝 펼쳐진 기책이라는 꽃을 손에 쥐고 흔드는.

불패의 명장(名將)이 범부들의 노력을 잔혹하게 짓밟았다.

뻐엉-!

"스트라이크!"

야구라는 스포츠에서 감독이 팀의 승리에 끼칠 수 있는 영향은 생각보다 크지 않다.

95%의 감독은 아무리 노력해 봐야 한 시즌 162경기 중 겨우 두 경기 정도밖에 영향을 끼치지 못한다.

잘해도 2승, 못해도 2패.

고작 그 정도가 한 시즌 동안 감독이 경기를 좌우할 수 있는 가능성의 전부다.

평소 텍사스 레인저스의 감독 론 워싱턴은 그 말을 현실을 모르는 책상물림들의 헛소리로 취급했다.

'95%라고? 그럼 내가 아는 감독들은 죄다 5%에 해당되겠군.'

경기가, 승리가 가장 중요한 건 맞는 얘기다.

그러나 그 경기를 준비하는 동안의, 승리를 쟁취하기 위한 물밑에서의 노력들이 어찌 폄하될 수 있단 말인가.

그걸 어떻게 머저리 같은 숫자로 측정할 수 있단 말인가.

심지어 그런 경기 외적인 것들을 제외하고도 두 경기는 말도 안 된다고. 그건 평생을 야구에 바친 감독들의 인생을 지독히도 깎아 내리는 행위라고.

론 워싱턴은 그렇게 생각했지만.

"으음……."

적어도 오늘 경기만큼은 그가 할 수 있는 일이 없을지도 모른다는 생각을 떠올려야만 했다.

심지어 그 책상물림들조차 감독의 영향력이 증대된다 평하는 단기전, 포스트 시즌임에도.

뻐엉-!

"스트라이크!"

와일드카드 게임이 끝난 후부터 그와 선수들이 절치부심 준비한 플랜은 문제가 없었다.

2010년과 2011년, 월드시리즈까지 진출하고도 트로피 문턱에서 겪은 두 번의 좌절을 딛고.

이번에야말로 기필코 왕좌를 차지하겠다며 열정을 불태운 선수들이 드높은 결의를 바탕으로 연마한 번트는 흠잡을 데 없이 아름다웠으며.

유니폼이 너덜너덜해지도록 연신 그라운드에 몸을 굴렸던 발 빠른 선수들의 노력은 결실을 맺었다.

문제가 있다면…….

뻐엉-!

"스트라이크!"

그와 레인저스 선수들에게.

홈구장에서 열리는 1차전에 위장 선발을 기용하고 남은 2, 3, 4차전을 노린다는 참담한 계획을 받아들이도록 했던 저 남자가 문제였다.

빠엉-!

"스트라이크아웃!"

[삼진! 오늘 경기 벌써 5개째 삼진을 잡아 내는 김신 선수!]

[우리 김신 선수, 아주 영리한 피칭을 하고 있습니다. 초반에는 번트를 댈 수 없게 낮은 코스의 직구와 변화구 위주로 승부하고, 카운트를 잡은 후에는 존 전체를 이용하는. 그런 영리한 피칭을 하고 있어요! 저렇게 던지면 아무리 날고뛰는 베테랑이라도 번트를 대기가 어렵죠!]

물론 저런 식의 피칭 레퍼토리가 나올 거라는 건 론 워싱턴도, 텍사스 레인저스 선수단도 익히 예상한 바였다.

번트란 기본적으로 배트를 눕혀야만 실행할 수 있는 타격법이고, 지면과 배트가 평행할수록 원하는 곳으로 공을 보내기가 쉬운 타격법.

당연히 낮은 코스, 그것도 바깥쪽 낮은 코스의 공엔 대기 어려운 게 사실이었으니까.

1회에 한 번 당하고 나면 그라운드에서 뛰는 배터리든 더그아웃에서든 지금과 같은 판단을 하리라는 건 특별할 것도 없는 예측이었다.

'그런 상황이 되면 첫 1~2구에 낮은 코스를 공략해라. 놈들의 대처를 역이용하는 거다.'

그래서 심지어 그걸 역이용할 만한 지시까지 미리 내려 둔 상황이었지만.

부우웅—!

"스트라이크!"

저 괴물에게 그런 건 통하지 않았다.

코스를 제약시켜 두고도, 공략할 수 없었다.

3회 말 투아웃까지 오는 동안 한 번의 출루는 더 있었지만, 결국 점수를 내기에는 역부족이었다.

'이러고도 안 된단 말인가.'

텍사스 레인저스의 타선은 분명 약하지 않았다.

객관적인 지표로도 메이저리그 5위 안에 들 정도의 강타선.

그런 강타선이 이렇게까지 했음에도 공략하지 못하는 투수가 있다는 사실에, 백전노장인 론 워싱턴 감독조차 흔들릴 수밖에 없었다.

'몸에 맞아서라도 출루하겠다는 걸 말린 게 실책인가.'

100마일의 공에 몸을 가져다 대겠다는 말도 안 되는 발언을 허락해야 하지 않았을까 잠시 흔들렸을 정도로.

더 이상 자신이 할 수 있는 일이 없을 수도 있겠다는 생각이 들 정도로.

"감독님, 어떻게 하시겠습니까?"

하지만 그렇다고 포기란 있을 수 없는 일.

벤치 코치의 질문에 다시 경기장으로 돌아온 론 워싱턴 감독은 이를 악물며 지시했다.

"조금만 더 해 보자. 아직 0-0이잖아."

"예."

3회 말, 전광판의 점수는 0-0.

기대하지 않았던 마틴 페레즈의 호투가 만들어 준 기회는 아직 남아 있었으니까.

점수는 내지 못했지만 레인저스의 건아들은 두 번의 출루를 기록했고, 앞으로 그게 집중되기만 하면 충분히 선취점을 획득하고 놈을 흔들 수 있었으니까.

그러나 론 워싱턴 감독과 텍사스 레인저스에게 더 이상의 시간은 허락되지 않았다.

따악-!

⚾

4회 초.

뭔가 벌어질 것 같은 분위기가 레인저스 볼파크를 가득 채운 가운데.

"이제 한 번씩들 봤지? 그럼 밥값은 해야 하지 않겠어?"

"물론이죠, 캡틴."

"좋아. 가서 킴의 어깨를 훨훨 날아가게 만들어 주고 오라고."

"Yes, sir!"

데릭 지터의 손뼉 소리와 함께 뉴욕 양키스의 네 번째 공격이 시작되었다.

그 첨병으로 나선 건 각각 오클랜드와 볼티모어의 마이너에 처박혀 있다가 양키스로 트레이드되면서 메이저리그 그라운드를 당당히 밟게 된 두 루키, 조시 도널드슨과 매니 마차도.

방망이를 챙겨 들고 앞장서 더그아웃을 나가던 조시 도널드슨이 입을 열었다.

"헤이, 마차도."

"……?"

"내가 어떻게 해서든지 출루할 테니까 마무리 부탁해."

이제는 사라진 과거, 아메리칸리그 최고의 3루수를 다투며 사사건건 비교당하고.

급기야 사소한 태그 시비로 벤치 클리어링을 일으킬 정도로 으르렁댔던 매니 마차도에게 먼저 손을 건넨 조시 도널드슨.

매니 마차도의 대답도 듣지 않은 채 1985년생 늦깎이 루키가 타석으로 향했다.

[나우 배팅. 넘버 27. 조시. 도널드슨.]

자신의 이름을 부르는 장내 아나운서의 음성에 맞춰 타석에 들어선 조시 도널드슨의 머릿속엔 한 가지 생각만이 가득

했다.

'몸에 맞아서라도 나가고 만다.'

매니 마차도에게 전했던 것처럼 어떻게 해서든지 1루를 밟는 것.

그리하여 이틀 전 동일한 팀을 상대로 준수한 활약을 펼쳤던 오클랜드 애슬레틱스의 3루수 브랜든 인지보다 자신이 뛰어나다는 것을 만천하에 알리고.

가슴을 뛰게 만드는 뉴욕 양키스라는 팀에 이바지하는 것.

조시 도널드슨이 배터 박스에 바짝 붙은 채 타격 자세를 잡았다.

[조시 도널드슨 선수가 아슬아슬한 라인까지 바짝 붙습니다. 어떻게 해서든지 출루하겠다는 의지가 엿보이는데요?]

[훌륭한 투지입니다. 사실 데드볼, 그러니까 히트 바이 피치 볼을 각오한다는 게 쉬운 일이 아니거든요.]

해설진의 말이 맞았다.

꼭 김신의 것과 비슷한 100마일의 강속구가 아니더라도, 평균 90마일은 족히 상회하는 메이저리그 투수들의 공을 몸으로 맞을 생각을 한다는 건 절대 쉽지 않은 각오였다.

만약 쉬웠다면 타자들이 터프한 몸 쪽 공에 꼴사나운 다이빙을 하는 모습은 구경할 수 없었을 것이며, 너도 나도 손쉽게 1루를 취하기 위해 팔꿈치를 홈플레이트로 들이밀었을 것이다.

살이 많은 부위에 맞아도 실밥까지 선명한 피멍이 드는, 자칫 안 좋은 부위에 맞으면 한 누를 얻는 것보다 부상으로 인한 실이 많을 수도 있는 출루 방법이 바로 히트 바이 피치 볼이었다.

론 워싱턴 감독이 텍사스 레인저스 타자들에게 히트 바이 피치는 자제하라고 했던 게 괜한 이야기가 아니었던 것.

하지만 수많은 더티 플레이의 표적이 되고, 벤치 클리어링의 단골손님처럼 여겨졌음에도.

그 자신의 주먹이 별로 강하지 않다는 걸 알았음에도 언제나 상대의 도발에 맞서길 주저치 않았던 열정적인 터프가이에겐 그런 것보다 자신과 양키스의 승리가 중요했다.

시리즈의 향방을, 아니, 양키스의 포스트 시즌을 가를 수도 있는 1차전의 선취점이 중요했다.

[마틴 페레즈, 조시 도널드슨과 두 번째 승부를 펼칩니다.]

어떤 투수라도 배터 박스에 바짝 붙은 타자를 용납하긴 어려운 법.

올스타 포수 마이크 나폴리의 적극적인 동의 아래 마틴 페레즈의 초구가 몸 쪽 깊숙한 곳으로 뻗어 나갔다.

그 순간, 조시 도널드슨이 움직였다.

'이럴 줄 알았지.'

물론 히트 바이 피치를 각오하긴 했다.

그러나 각오한다는 말이 반드시 맞겠다는 말은 아닌 법.

조시 도널드슨의 왼쪽 발이 사선으로 크게 짓쳐 들어가고.

콰직—!

그의 상체가 폭풍같이 회전했다.

"흐읍—!"

그 결과 극단적으로 활짝 열린 스탠스 아래, 마틴 페레즈의 몸 쪽 공은 한가운데 실투로 둔갑했다.

따아아악—!

[좌중간 큽니다! 좌측 담장, 좌측 담장, 좌측…… 넘지 못합니다! 펜스를 직격하는 큼지막한 타구! 주자 1루 돌아 2루로! 2루에서…… 멈춥니다. 조시 도널드슨의 호쾌한 2루타!]

[완전히 노렸어요. 방금 보시면 레그 킥부터 상체 회전까지 완전히 노리고, 받쳐 놓고 친 거거든요? 영리합니다, 조시 도널드슨 선수! 양키스는 다 이렇게 영리한가요?]

메이저리거로 성공하기 위해선 육체적 능력뿐 아니라 머리, 야구 센스도 만만치 않게 중요한 것이 당연한 이치.

2015시즌 MVP를 수상함으로써 자신의 야구 센스가 범상치 않음을 증명했던 조시 도널드슨이 다시 한번 과거의 전철을 밟았다.

그리고 다음 순간.

그 모습을 대기 타석에서 지켜보던 또 한 명의 슈퍼 루키.

'마무리라……'

매니 마차도가 차례를 이어 받았다.

과거엔 유격수에서 3루수로.

이번엔 유격수에서 2루수로.

컨버전이라는 범상치 않은 선택을 감수하고도 별들의 전장에 올라 그중에서도 최고의 자리에 발을 들이밀었던 남자, 매니 마차도.

그런 야구 선수 매니 마차도를 구성하는 가장 커다란 요소는 바로 승부욕이었다.

반칙성 플레이를 펼쳐서라도, 내가 어떤 자리에 서 있더라도 승리를 향한 집념을 불태우는.

어찌 보면 미국의 야구 정서에 가장 잘 맞는 사나이가 바로 그였다.

안 그래도 같은 루키 신분으로 뛰어난 활약을 펼치는 게리 산체스와 조시 도널드슨을 눈여겨보고 있던 그에게 오늘 조시 도널드슨의 행동은 자제하고 있던 기질을 불태우게 하기에 충분했고.

'좋아. 마무리란 걸 좀 해 보지.'

새로운 팀이라는 익숙하지 못한 환경과, 데릭 지터를 위시한 기라성 같은 고참들의 시선 속에 본성을 억누르고 있던 승부사가 봉인을 해제했다.

스윽-.

조시 도널드슨의 격렬한 타격 덕에 흙으로 덮인 라인을 슬쩍 밟는 나쁜 발.

심판의 눈을 피한 그것으로 확보한 10cm 미만의 짧은 거리.

같은 실수를 반복하지 않기 위한 마틴 페레즈의 선택을 그 10cm 미만의 거리가 저격했다.

따악—!

마틴 페레즈의 바깥쪽 커브가 떨어지던 길 그대로 치솟아 올랐다.

[또 쳤습니다! 이번에도 좌측! 이번에도 큽니다—! 좌익수 뒤로, 좌익수 뒤로, 좌익수 뒤로—!]

뉴욕에서 온 두 루키의 손에 론 워싱턴 감독의 시간이 삭제되는 순간이었다.

◎

양키스의 두 루키, 조시 도널드슨과 매니 마차도가 합작한 선취점으로 론 워싱턴 감독의 작전이 절반의 불확실성과 절반의 실패로 돌아간 이래.

아메리칸리그 디비전 시리즈 1차전은 완전히 기울어 버렸다.

텍사스 레인저스는 김신의 정공법을 뚫지 못했고.

뉴욕 양키스는 불펜을 아끼겠다는 론 워싱턴 감독의 결정 탓에 벌투 아닌 벌투를 하게 된 마틴 페레즈에게 자비를 보여 주지 않았다.

뻐엉-!

[경기 끝났습니다! 8-0! 뉴욕 양키스가 관중석을 가득 메운 레인저스 팬들 앞에서 디비전 시리즈 1차전을 제압합니다!]

중반부터 점수가 크게 벌어지면서 김신이 혹시 모를 다음 등판 준비를 위해 일찌감치 휴식을 취하고.

델린 베탄시스가 포스트 시즌 데뷔를 치렀다는 것 이외엔 이변이란 없었다.

그리고 다음 날 오후.

열심히 2차전을 준비하는 팀원들과는 상반된 여유 속에 간단한 러닝 후 전날 투구를 비디오 분석하고 있던 김신에게 게리 산체스가 찾아왔다.

불청객을 맞이한 김신이 짐짓 게리 산체스에게 핀잔을 건 넸다.

"아니, 나랑 너랑 봐야 할 게 다른데 왜 여기서 보고 앉아 있냐."

"그냥? 뭔가 와야 될 거 같은 기분이었다고나 할까? 그리 고 아예 다른 것도 아니잖아. 같이 본다고 닮는 것도 아닌데 거 섭섭하네."

"어휴…… 그래. 같이 보자, 봐."

못 이기는 척 게리 산체스에게 자리를 내주는 김신.

실제 나이 40대 중반의 아저씨에게 20살 청년의 마음이 훤 하게 들여다보였다.

'짜식, 긴장했구먼.'

생애 최초의 포스트 시즌 선발 출장.

경기장에선 어떤 모습을 보일지 모르겠으나, 경기 전에 아예 긴장이 안 된다는 건 말도 안 되는 소리였다.

'귀여워, 아주.'

의식했든 의식하지 않았든 매일 경기장에서, 훈련장에서, 심지어 숙소에서까지 부대끼던 동갑내기 친구를 의지한다는 건 어찌 보면 당연한 일.

아마 곧 있으면 알아서 갈 길 가리라 생각한 김신이 영상 속으로 빠져들 찰나, 게리 산체스의 목소리가 울렸다.

"아 참, 마차도가 우리랑 동갑이라는 거 알아?"

"어. 그게 왜?"

"아니, 그냥 아나 해서. 나중에 식사라도 한번 할까?"

"시즌 끝나고 기회 되면. 지금은 힘들고."

"그래."

간단하게 끊어진 일상 속 잡담과 같은 대화.

그 속에 담긴 게리 산체스의 마음을 눈치챈 김신이 속으로 웃음 지었다.

'어제 홈런 때문에 의식하는 건가?'

같은 나이에 같은 첫 시즌을 치르는, 아니, 오히려 더 늦게 메이저에 올라온 매니 마차도의 포스트 시즌 선제 투런 포.

투쟁심으로 둘째가라면 서러울 게리 산체스가 자극받는

것도 이상한 일은 아니었다.

문제는 이게 어떤 결과를 낳느냐는 것.

경쟁자, 특히 라이벌은 한 개인이 최대의 역량을 발휘하도록 돕기도 하지만.

한 개인이 제대로 역량을 발휘하지 못하고 무너지게 만드는 요소도 될 수 있었다.

다만 김신이 믿는 것은, 그가 오랜 시간 봐 온 두 명의 게리 산체스가 모두 후자보다는 전자에 가까운 선수라는 사실뿐.

"벌써 시간이 이렇게 됐네. 이만 가 볼게. 분석 잘해."

"어."

그러고서 떠나가는 게리 산체스의 뒷모습을 바라보며.

"너도 날려 버려."

김신이 뒤늦은 덕담을 남겼다.

가을 야구 시즌만 되면 언론에 등장하는 단골손님 같은 문장이 있다.

단기전에서 이기려면 미친 선수가 하나쯤 필요하다.

언론뿐 아니라 다수의 팬과 야구 관계자 또한 철석같이 믿는 이 속설에 등장하는 '미친 선수'에는 사실 두 가지 부류가 있다.

첫째는 원래 잘했는데 단기전에 들어오면 더 잘하는 선수.

예를 들자면 11월의 남자로 유명한 데릭 지터 같은 선수.

둘째는 원래 평범했는데 갑자기 잘하는 선수.

예를 들자면 단 한 경기로 대대손손 회자되는 월드시리즈 퍼펙트의 주인공, 돈 라슨 같은 선수.

그렇다면 두 부류 중 어떤 선수가 더 팀에 필요한 선수일까?

정답은 '둘 다'이다.

팀에게 승리를 선사하는 히어로가 원래부터 잘했으면 어떻고 갑자기 잘하면 어떤가.

있기만 하면 되는 것이지.

아무리 강팀이라 하더라도.

아무리 약팀이라 하더라도.

'미친 선수'는 모든 팀이 바라는 선물이고, 그런 선수가 많이 나온다고 싫어할 사람은 상대편을 제외하면 아무도 없다.

[웰컴 투 디비전 시리즈! 뉴욕 양키스와 텍사스 레인저스, 텍사스 레인저스와 뉴욕 양키스의 2차전 경기로 찾아뵙습니다. 여기는 레인저스 볼파크 인 알링턴입니다!]

2012년 10월 8일 8시 47분.

늦은 오후에 시작된 아메리칸리그 디비전 시리즈 2차전을 지켜보는 조 지라디 감독의 관심사는 바로 그 '미친 선수'의 가능성을 보이는 남자들에게로 향했다.

대상자는 셋.

[3루수, 조시 도널드슨. 어제 경기에서 4타수 2안타 2타점을 기록했고, 선취점의 물꼬를 트는 2루타를 터뜨린 바 있습니다. 올해 5월 양키스, 오리올스, 애슬레틱스의 삼각 트레이드로 거처를 옮긴 루키지만 이적 초기부터 인상적인 활약을 펼치고 있습니다.]

[이 선수 하나만으로도 캐시먼의 대성공이라 극찬이 자자한 트레이드였죠. 이적과 동시에 콜 업돼서 곧바로 주전 3루수를 꿰차고 2할 8푼의 타율과 17개의 홈런을 기록하고 있습니다.]

첫째는 에릭 차베스의 빈자리를 말끔하게 메워 버린 남자, 조시 도널드슨.

[2루수, 매니 마차도 선수입니다. 아까 말씀드린 조시 도널드슨 선수의 출루 이후 마틴 페레즈 투수의 초구 커브를 공략해 두 점짜리 아치를 그리며 본인의 포스트 시즌 첫 홈런을 신고했습니다.]

[공교롭게도 이 선수 또한 조시 도널드슨 선수와 함께 삼각 트레이드로 영입된 선수입니다. 하지만 바로 콜 업된 조시 도널드슨 선수와 달리 9월 확장 로스터까지 마이너에 있어서인지 그리 주목받지 못했었는데요. 콜 업 이후 한을 풀듯이 한 달간 뜨거운 타격감을 과시하고 있습니다.]

[그렇습니다. 수비도 만만치 않게 좋은 모습을 몇 번 보여 줬죠. 양키

스의 올해 신인 농사가 아주 성공적이라는 평가를 듣게 하는 선수 중 하나입니다.]

[뭐…… 농사라기보단 트레이드를 잘했다고 봐야죠.]

둘째는 어제 결승점을 터뜨렸던 매니 마차도.

그리고 마지막은, 이미 결과를 보인 두 선수보다 더한 기대를 품게 만드는 사나이.

[포수, 게리 산체스 선수입니다. 어제 러셀 마틴 선수가 출장하면서 미뤄졌던 가을 야구 데뷔전을 오늘 치르게 된 게리 산체스 선수인데요. 많은 팬들이 그가 포스트 시즌에서 어떤 모습을 보여 줄지 기대하고 있을 겁니다.]

[올해 메이저리그를 가장 뜨겁게 달궜던 세 루키 중 하나죠. 러셀 마틴 선수와 번갈아 출전해서 경기 수가 많지 않음에도 불구하고 30홈런을 때려 낸 거포입니다. 벌써부터 양키스의 뉴 코어 중 하나라고 부르는 팬들도 있다더군요.]

[그럴 만하죠. 절반 정도 출전해서 3/3/6에 30홈런이면 풀 시즌을 치렀을 때 MVP도 충분히 노려 볼 만한 성적이잖습니까.]

[물론 그렇죠. 다만 오늘 경기에서 그 기세를 이어 갈 수 있을지는 지켜봐야겠습니다. 오늘은 정규 시즌 경기가 아닌 포스트 시즌이니까요.]

조 지라디 감독이 내년 주전으로 이미 확정 지은 보물, 게리 산체스였다.

사실 안정적인 승리가 필요했던 1차전이라는 특별한 경기가 아니었다면, 게리 산체스가 포스트 시즌 경험이 전무하지만 않았다면 무조건 러셀 마틴 대신 올렸을 정도로 조 지라디 감독이 게리 산체스에게 거는 기대는 상당했다.

그야 당연한 일이었다.

30홈런을 넘게 때려 낼 수 있는 젊은 포수라는 건 그런 의미였으니까.

거기다 성적에 더해 양키스 팜에서 자란 '홈 그로운'이라는 장점까지 가진, 미래의 프랜차이즈가 되기에 충분한 스타성을 겸비한 인물이었으니까.

'기대하마, 산체스.'

물론 한 경기만으로 판단하기란 불가능한 일이지만 절정의 타격감을 과시한 타자가 한 경기 만에 식어 버리는 일은 잘 없는 데다, 한번 기세를 타면 무섭게 타오르는 것이 또 루키 아니겠는가.

그러나 세 루키에 대한 생각으로 더그아웃을 훑어보던 조 지라디 감독의 상념은 한 청년 앞에서 곧바로 지워져 버렸다.

포스트 시즌은 다를 수도 있다는 헛된 걱정을 보란 듯이 말끔히 지워 버린 남자.

한두 경기나 한두 달이 아니라 언제나 미쳐 있는, 야구의 신 베이브 루스의 아성을 위협하는 단 한 명의 선수.

김신.

'킴이나 지터는 뭐…… 내가 논할 계제가 아니지.'

어깨를 으쓱한 조 지라디 감독의 시선이 그라운드로 돌아
가고.

"플레이볼!"

경기가 시작됐다.

⬤

[경기 시작됩니다! 맷 해리슨, 데릭 지터를 상대합니다.]

세 루키에게 집중한 조 지라디 감독과 달리 야구팬들의 관
심사는 먼저 론 워싱턴 감독이 내세운 위장 선발 작전의 성
공 여부로 향했다.

1회 초, 홈팀의 수비를 위해 올라온 텍사스 레인저스의 1
선발 맷 해리슨이 과연 양키스 타선을 막아 낼 수 있을 것
인가.

따악-!

[높이 뜹니다! 2루수, 중견수, 우익수 모두 이동! 2루수 이안 킨슬러가
처리하면서 스리아웃! 1회 초가 종료됩니다.]

그리고 맷 해리슨이 3번 타자로 나선 추신서에게 볼넷을
허용하긴 했어도 바로 후속 타자인 커티스 그랜더슨을 플라
이로 잡아내며 손쉽게 1회 초를 넘겼을 때까지만 해도.

"굿."

"이래야지."

텍사스 레인저스 팬들은 그럼 그렇지 하며 고개를 끄덕였고.

"커티스 그랜더슨 저 개자식! 꼭 가을쯤 되면 저 지랄이란 말이야."

"4번 타자는 무슨 4번 타자. 당장 바꿔!"

뉴욕 양키스 팬들은 9월 막바지부터 부진의 늪에 빠진 커티스 그랜더슨을 성토하기 바빴다.

그런 분위기 속에 돌아온 1회 말.

게리 산체스는 타자가 아닌 포수로서 먼저 그라운드를 밟았다.

조금은 어색한 C.C. 사바시아와 게리 산체스 배터리가 처음으로 상대하게 된 타자는 지난 경기 기습 번트와 연속된 도루로 1회부터 김신을 위협했던 리드오프, 이안 킨슬러.

이안 킨슬러는 지난 경기와 달리 초구부터 빠른 승부를 가져갔다.

따악—!

[이안 킨슬러—! 3유간을 관통합니다! 지난 경기에 이어 오늘도 첫 타석부터 1루를 훔쳐 내는 이안 킨슬러!]

[리드오프가 이렇게 해 주면 더할 나위가 없죠.]

어제 경기의 좋은 기억이 남았기 때문인지 이안 킨슬러는 즉각 도루를 시도했다.

[주자 뜁니다—!]

그러나 홈플레이트에 앉아 있는 남자는 어제와 같은 결과를 허용할 생각이 없었다.

어제 영상을 돌려 보며 행한 수많은 이미지트레이닝이 그가 글러브에서 공을 뽑아내는 속도를 아주 미세하게 단축시키고.

뻐엉-!

팝 타임은 러셀 마틴보다 느릴지 몰라도, 속도만큼은 그를 능가하는 게리 산체스의 속구(速球)가 매니 마차도의 미트를 거세게 공략했다.

"아웃!"

[2루에서 아웃입니다! 게리 산체스-! 포효합니다!]

[훌륭한 송구였습니다. 똑같이 당해 주진 않겠다는 거 같군요.]

"오, 웬일이지?"

김신의 놀람과 함께.

조 지라디 감독의 기대가 수비에서부터 충족되기 시작했다.

야구에서 아웃 카운트를 잡는 방법은 크게 두 가지다.

하나는 삼진.

투수의 역량만으로 상대를 제압하는 방법.

나머지 하나는 플라이 아웃, 포스아웃, 땅볼 아웃, 포수 팝 플라이, 더블플레이, 보살, 주루사, 도루사, 견제사 등등

명칭은 많지만.

기본적으론 야수의 힘, 혹은 공을 던지는 자로서의 투수가 아니라 수비수로서의 투수가 가지는 힘으로 타자를 더그아웃으로 돌려보내는 방법이다.

그 모든 아웃 카운트가 그냥 똑같은 숫자에 불과할까?

물론 그렇다 해도 맞는 말이긴 하다.

어떤 아웃 카운트든 투수로서는 기분 좋을 수밖에 없으니까.

하지만 그중에서도 특별히 투수의 어깨를 가볍게 해 주는 아웃 카운트가 있다.

첫째는 한순간에 한 개가 아닌 두 개의 아웃 카운트를 잡게 만들어 주는 더블플레이.

둘째는 그 더블플레이조차 포괄하는 개념으로, 불가능한 아웃을 가능으로 만들어 내는 야수의 센스.

호수비 혹은 슈퍼 세이브라고 불리는 장면으로 인해 생성되는 아웃 카운트다.

이미 한 개의 누를 허용한 상태에서, 또 한 개의 누를 허용할 위기를 막아 주고 주자를 삭제하며 아웃 카운트까지 제공한 게리 산체스의 주루사는 그런 호수비였고.

"땡큐."

파트너 덕에 신경을 거슬리게 하던 1루 주자를 제압할 수 있었던 C.C. 사바시아는 한때 불안해했던 자신에 대한 사과를 담아 엄지를 치켜들었다.

한껏 가벼워진 마음으로 다음 타자인 엘비스 안드루스를 상대하게 된 C.C. 사바시아.

그 효과는 바로 다음 공에서부터 즉각적으로 나타났다.

뻐엉-!

"스트라이크!"

[96마일! 포심이 절묘한 코스로 들어갔습니다. 1-1!]

[사바시아 선수가 신을 내네요.]

무서울 게 없다는 듯 거칠게 몰아치는 C.C. 사바시아의 손속에 엘비스 안드루스는 결국.

부우웅-!

"스트라이크아웃!"

[스윙 앤 어 미스! 슬라이더에 헛스윙하는 앤드루 안드루스. 투아웃이 됩니다!]

헛스윙 삼진으로 물러나고 말았다.

다음 타자, 조시 해밀턴을 상대로도 신바람 투구를 이어 나간 C.C. 사바시아.

따악-!

조시 해밀턴은 꿈틀거리는 C.C. 사바시아의 공을 제대로 콘택트하지 못했다.

[높이 뜹니다! 뒤쪽! 포수 따라갑니다. 점점 관중석으로. 이건 잡기 힘들……]

처음엔 꿀 같은 포수 팝 플라이 아웃을 바랐지만, 그 높이 뜬 타구가 관중석 쪽을 향하는 것을 확인한 C.C. 사바시아는 생각했다.

'아쉽지만 그래도 스트라이크 하나. 굿이지.'

그러나.

쾅-!

육중한 거체가 단단한 벽에 부딪히는 소리와 함께 상황이 급변했다.

[오우! 그가 잡았습니다! 그가 잡아냈습니다. 게리 산체스! 반쯤 벽에 걸치면서도 끝끝내 집중력을 잃지 않았습니다!]

[이건 정말 드문 장면이네요. 이안 킨슬러의 도루사도 그렇고 오늘 게리 산체스 선수의 수비 집중력이 범상치 않습니다.]

[스리아웃! 1회 말이 이렇게 종료됩니다! C.C. 사바시아 선수의 투구 수는 고작 8개! 포수 게리 산체스가 무려 두 개의 아웃 카운트를 만들어 냅니다!]

게리 산체스의 슈퍼 플레이로 순식간에 끝이 난 1회 초.

C.C. 사바시아가 두 개의 엄지를 치켜들고.

'오늘 제대로 날 잡았냐?'

김신의 웃음이 짙어졌다.

2회 초.

5번 타자로서 이번 이닝 가장 먼저 투수를 상대하게 된 게리 산체스는 일찌감치 그라운드로 몸을 옮겨 레인저스 볼파크 인 알링턴의 외야를 바라보았다.

정확히는 중간에 있는 사무실로부터 우측 외야 관중석으로 향하는 지점을.

그리고 방망이를 슬슬 흔들면서.

놀랍도록 누군가와 흡사한 모습으로, 오늘의 게임 플랜을 점검하기 시작했다.

'저기로 보내야 해.'

그 플랜은 레인저스 볼파크의 태생적인 특성에 근거한 판단이었다.

레인저스 볼파크는 외야 한가운데 위치한 사무실의 구조 탓에 항상 홈에서 우중간으로 바람이 부는 구장이었고.

슬쩍 공만 띄워도 넘어갈 정도로 강력하진 않아도, 충분히 유의미한 수준으로 공을 더 멀리 날려 주는 도우미를 쓰지 않을 이유는 없다는 게 게리 산체스의 생각이었다.

다만 그러기 위해서는 반드시 해결해야 할 문제가 하나 있었다.

바로 우타자인 게리 산체스가 우중간으로 공을 보내기 위해서는 밀어 쳐야만 했다는 것.

적이 호락호락 배팅 볼을 던져 주는 것도 아니고, 당겨 쳐서 대부분의 안타를 생산하는 게리 산체스로서는 갑자기 밀어 치는 게 쉽지 않은 건 당연했다.

아니, 바람의 도움이 있다 해도 익숙하지 않은 밀어 치기보다는 당겨 치기로 담장을 넘길 확률이 더 높을지도 몰랐다.

같은 우타자인 매니 마차도의 홈런이 좌측 담장을 넘었던 것도 비슷한 이유였고.

그러나 게리 산체스는 단호했다.

'무조건 밀어 친다.'

적도 그를 알고 있을 터. 계속해서 당겨 치기만 고집하면 미래는 결코 밝지 않다는 걸 잘 알고 있었으니까.

이렇게 명백히 밀어 치는 게 유리한 상황에서도 못한다면 다른 때는 말할 필요도 없는 일.

그건 호세 바티스타나 조 마우어의 전철을 밟는 길이었다.

'반드시.'

게리 산체스는 눈을 감으며, 어제오늘 몇 번이고 반복한 스윙을 머릿속에 그렸다.

"플레이볼!"

그 순간, 경기가 재개됐다.

[2회 초가 시작됐습니다. 뉴욕 양키스의 선두 타자는 5번 타자, 게리 산체스. 지난 이닝 수비에서 멋진 모습을 보여 줬는데요. 과연 타석에서는 어떨지!]

마지막 홈경기에서 반드시 승리해야 한다는 긴장으로 2회 초임에도 벌써 땀범벅이 된 텍사스 레인저스의 투수, 맷 해리슨의 손에서 흰색 선이 튀어나왔다.

뻐엉-!

[많이 빠진 공. 게리 산체스, 미동도 하지 않습니다.]

스윙할 가치도 없을 만큼 바깥쪽으로 형성된 초구.

게리 산체스는 존에 들어오는 공이 무엇이든 쳐 내겠다는 각오로 더욱 타석에 웅크리며 기회를 기다렸다.

[맷 해리슨, 제2구!]

다만, 점차 몰락해 갈 미래가 아닌 현재의 맷 해리슨은 만만한 투수가 아니었다.

부우웅-!

"스트라이크!"

[헛스윙! 체인지업에 방망이가 돌아갔습니다. 1-1!]

다시 원점으로 돌아간 승부.

'쳇, 의식적으로 밀어 치려면 아직 게스 히팅 말고는 힘들겠는데.'

2구째 승부를 복기한 게리 산체스가 어쩔 수 없이 선택지를 좁혔다.

그의 선택은 포심, 체인지업, 슬라이더, 커브의 네 가지 구종 중 하나.

가장 많이 봤고, 가장 많이 연습했으며, 투수가 가장 많이 구사하는 공.

포심이었다.

[레인저스 배터리, 신중히 사인을 교환합니다.]

결심을 세운 게리 산체스 앞에 세 번째 공이 당도했다.

뻐엉—!

"스트라이크!"

우타자인 그를 상대로 구사할 확률이 가장 적기에 일찌감치 배제했던 구종, 슬라이더.

맷 해리슨의 과감한 백도어 슬라이더가 게리 산체스에게 남은 소중한 두 개의 기회 중 하나를 박탈했다.

[2-1! 맷 해리슨, 유리한 고지에 섭니다.]

백척간두의 상황에서 게리 산체스에게 주어진 다음 공은 명백히 포심과 다른 회전을 보이는 공, 커브.

하지만 스트라이크존으로 들어올 듯한 움직임에 게리 산체스는 방망이를 낼 수밖에 없었다.

따악—!

[1루 쪽…… 벗어납니다. 파울. 커팅해 내는 게리 산체스!]

그때부터였다.

승부가 길어지기 시작한 것은.

뻐엉—!

[이번에는 존 밖으로 벗어나는 커브. 게리 산체스 선수가 잘 참아 내면서 2-2가 됩니다.]

따악—!

[다시 파울! 뒷 그물을 강타합니다.]

5구, 6구, 7구, 8구.

직전 수비 이닝에서의 호수비가 선사한 기세와 오늘 그걸 가능케 했던 게리 산체스의 범상치 않은 집중력이 계속해서 그의 기회를 유지시켰다.

그리고 마침내 아홉 번째 승부.

[벌써 9구째입니다. 게리 산체스 선수가 이렇게 길게 승부를 가져가는 선수가 아닌데요. 오늘 정말 대단한 집중력을 발휘하고 있는 것 같습니다. 호락호락하지 않아요!]

게리 산체스가 기다리고 기다리던 바로 그 공이 네 줄기의 솔기를 자랑하는 모습을 게리 산체스의 두 눈이 똑똑히 포착하는 순간.

부우웅—!

자신도 모르게 게리 산체스의 방망이가 그리고 그렸던 궤적을 따라 약진했다.

결과는.

따아아아악—!

[벼락같은 스윙! 오른쪽에 높게 떠 가는 타구! 우익수 쫓아갑니다! 멀리, 멀리, 멀리! 담장— 넘어갑니다! 게리 산체스의 선제 솔로 포!]

본디 육체적 재능을 바탕으로 플레이했던 게리 산체스의 놀라운 변화가.

누구도 따라오지 못할 육체적 재능을 보유했으면서도 끝없이 분석하기를 주저치 않는 친구를 보며 비롯된 변화가.

레인저스 볼파크를 울게 했다.

[호수비에 이은 홈런까지! 오늘 게리 산체스 선수가 펄펄 납니다!]

위기 뒤에 기회가 온다는 속설이 다시 한번 증명되는 순간, 그라운드를 도는 게리 산체스의 머릿속에 떠오른 것은.

'지피지기면 백전불태…… 이런 젠장, 이럴 때까지 정말.'

그 친우가 항상 입버릇처럼 내뱉는 어구였다.

⚾

　-여윽시 파크 팩터는 과학이네. 타자 친화 구장 맛 달달하고요~.

　-누가 보면 투수 친화 구장 쓰는 줄 알겠다? 양키 스타디움도 만만치 않잖아.

　-응, 우리 103. 중립 구장이야~.

　-지랄하고 앉았네.

아메리칸리그 디비전 시리즈 2차전은 레인저스 볼파크 인 알링턴의 2012시즌 파크 팩터가 전체 2위라는 것을 새삼 깨닫게 하는 타격전으로 끝났다.

　-근데 왜 홈팀인 레인저스는 점수가 저 모양임? ㅋㅋㅋㅋㅋㅋ 초랑 말이랑 파크 팩터가 달라지나?

　-게임 조져서 기분 엿 같을 텐데 능욕까지 하진 말자…….

뉴욕 양키스 혼자만의 타격전으로.

〈11-3! 뉴욕 양키스, 2차전도 압도! 챔피언십 시리즈까지 남은 승리 수는 단 하나!〉

원정 경기였던 1, 2차전에서 모두 승리하면서, 양키스의 챔피언십 시리즈 진출 확률은 천정부지로 치솟았고.
양키스 팬들의 입가에는 웃음이 떠나지 않았다.

　-와, 근데 이번 시즌 우리 유망주들 미쳤음 그냥. 다 터지네, 다 터져. 오늘도 게리 산체스, 조시 도널드슨, 매니 마차도 셋이서 8점을 합작했네. 아, 물론 그분은 논외 ㅎ;
　-캐시먼 찬양합니다. 당신이 김신을 주고 맷 해리슨을 데려와도 이유가 있으리라 믿겠습니다.
　└거 말이 너무 심하네. 어디냐? 디트로이트야?
　└고양이 첩자 새끼야 꺼져!

벌써부터 똑같은 시리즈 스코어 2 : 0으로 오클랜드를 제압하고 있는 디트로이트 타이거스를 경계할 정도였다.
하지만 3차전.
미친 선수가 양키스에서만 나온다는 법은 없다며 한 남자가 포효했다.

뻐엉—!

[다르빗슈 유—! 왜 자신이 1선발이 아니냐! 왜 그냥 던지게 두지 않고 위장 선발을 썼냐고 외치는 것 같습니다! 양키스의 막강한 타선을 잠재우는 믿을 수 없는 호투!]

아이러니하게도 홈에서 1, 2차전을 모두 내준 텍사스 레인저스가 양키 스타디움에서 첫 승을 신고하면서.

〈3 대 0은 섭하지! 텍사스 레인저스의 반격!〉
〈각각 원정에서만 승리하고 있는 ALDS1의 기묘한 풍경〉

챔피언십 시리즈 티켓의 향방은 4차전으로 향했다.
그런데 10월 11일. 4차전 경기가 있는 바로 당일 오전.
그 4차전의 선발 투수가 전화기를 들었다.
"무리⋯⋯겠죠?"

이번엔 어떻게 요리해 줄까?

FA 제도(Free Agent 제도, 자유 계약 선수 제도).

6년이라는 긴 서비스 타임을 모두 소화한 선수에 한해, 해당 선수에게 전 구단과 자유로이 계약할 수 있는 권리를 제공하는 제도.

1970년 세인트루이스 카디널스의 흑인 선수 커트 플러드의 안타까운 사례 덕에 제정된 이 제도는 곧 모든 메이저리거들에게 꿈의 단어가 되었다.

한번 계약을 체결하고 나면 선수의 의사와 상관없이 구단의 결정에 모든 걸 맡겨야 했던 이전과 달리 선수의 의사가 중요해지고, 이에 따라 구단들이 가열 찬 경쟁을 하게 되면서.

자연스러운 시장의 논리로 선수의 가치가 폭등하고, 일반인은 평생을 소처럼 일해도 만지지 못할 막대한 금액을 벌수 있게 된 것이 바로 FA 제도의 제정부터였으니까.

반대로 구단 입장에서는 이 FA 제도가 생기면서 아주 머리가 아파졌다.

FA로이드라는 신조어가 선풍적인 인기를 끌고 준 표준어처럼 받아들여진 것만 봐도 알 수 있듯이.

FA 일확천금을 위해 부상을 숨기고 뛰는 선수들이 늘어남으로써 그 선수들과 잘못 FA를 체결했다간 돈은 돈대로 날리고 성적은 성적대로 날리는 경우가 왕왕 벌어지게 된 것이다.

물론 텍사스 레인저스의 아드리안 벨트레처럼 반대의 경우도 있긴 하다.

다리 부상을 당한 채 1년을 참고 뛴 것이 전화위복이 되어 오히려 타격 밸런스가 맞춰지고 파워가 폭발하는 경우.

하지만 그런 말도 안 되는 우연이 어찌 흔하겠는가.

결국 선수는 FA 직전이 되면 부상을 입어도 절대 숨기고.

구단은 그걸 찾아내 손해를 보지 않고자 하는 눈치 싸움이 한창인 것이 현대 야구의 현실이었다.

그리고 뉴욕 양키스의 4선발, 필 휴즈는 FA를 1년 남겨 둔 서비스 타임 5년 차의 선수였다.

2012년 10월 11일 오전.

자리에서 일어나자마자 날갯죽지에서부터 찾아온 통증이

필 휴즈의 바람을 저버렸다.

"……."

시작이 언제인지는 정확하지 않았다.

9월 초? 그것도 아니면 8월 말?

어쨌든 그즈음 시작된 등의 통증은 필 휴즈를 계속해서 괴롭혔다.

9월 필 휴즈가 한 경기 걸러 한 번씩 부진한 직접적인 이유가 바로 이 통증이었다.

어느 날은 괜찮다가도, 어느 날은 괜찮지 않았다.

평소라면 필 휴즈도 즉각 보고하고 정밀 검진을 받았을 것이다.

하지만 올해의 필 휴즈는 그렇게 하지 못했다.

이유는 많았다.

그가 단 한 번도 느껴 보지 못한 새로운 부위의 통증이었다.

컨디션이 올라왔을 땐 평소와 다름없는 투구를 펼칠 수 있는 날도 많았다.

팀의 시즌 최다 승 도전과 그 안에 자신의 역할이 작지 않다는 것이 기뻤다.

김신과 이반 노바, 코리 클루버, 게리 산체스와 매일 야구를 주제로 토론하는 시간이 너무나 즐거웠다.

'아니…… 사실은 FA가 욕심나서였던 걸지도.'

이유는 많았지만, 정확한 이유는 필 휴즈도 몰랐다.

모든 게 복합적으로 작용한 것일 수도 있었고, 어쩌면 필 휴즈라는 개인이 그렇게 생겨 먹은 걸지도 몰랐다.

그저, 오늘 괜찮았으니 내일도 괜찮지 않을까 하며 하루하루 미루다 보니.

조별 과제에서 탈주하는 팀원처럼, 시험 전날인데도 너튜브를 탐독하는 학생처럼, 마감 시한이 다가오는데도 게임으로 회피하는 작가처럼.

그렇게 오늘이 찾아온 것이었다.

'너 자신을 알라……라고 했던가.'

수천 년 전의 철학자가 남긴 말이 필 휴즈를 뒤흔들었다.

왜 그런 말을 했는지, 그게 얼마나 어려운 일인지 격하게 이해가 됐다.

그래서 필 휴즈는 전화기를 들었다.

왜인지는 모르지만, 지금 생각나는 사람의 목소리를 듣기 위해.

스스로보다 스스로를 잘 알 것 같은 남자에게 물어보기 위해.

-뭐야. 갑자기 무슨 바람이 불어서 전화를 다 했지?

짧은 신호음 뒤, 퉁명스럽게 튀어나오는 목소리의 주인에게.

-가을 야구 탈락한 거 놀리려고 전화했냐?

시즌 초, 필 휴즈의 가슴에 씨앗을 심고 양키스를 떠났던 노장 프레디 가르시아에게 필 휴즈는 작은 고해성사를 치렀다.

"……가르시아 씨, 시간 괜찮으시다면 잠시만 제 얘기를 들어 주시겠습니까?"

-시간이야 있지. 어디 한번 해 봐.

프레디 가르시아는 묵묵히 필 휴즈의 이야기를 들어 주었다.

-이런 머저리 같은 자식.

때로는 필 휴즈를 욕했고.

-……그럴 수도 있을 것 같다.

때로는 필 휴즈를 이해했다.

이제는 같은 팀도 아닌, 고작 한 시즌 남짓 함께한 남자를 위해.

평소에 통화하지도 않던 옛 인연을 위해 적지 않은 시간을 할애해 주었다.

한 시간이나 흘렀을까?

마침내 필 휴즈의 입에서 가장 답을 들어야 할 질문이 던져졌다.

"무리……겠죠?"

-…….

"시간이 지난다고 괜찮아질 리는…… 없겠죠?"

-…….

"당연히 포기하는 게 맞는 거겠죠……?"

잠시간의 침묵 후, 프레디 가르시아가 답했다.

-Better late than never. 내가 할 말은 이것뿐이야.

"……."

이번엔 필 휴즈가 입을 다물면서 생긴 잠시간의 정적.

그 침묵을 깨며 필 휴즈가 뜬금없는 소리를 했다.

"혹시, 선배라고 불러도 됩니까?"

-……? 그건 어디 나라 말이냐? 센빠이?

"아마 한국……일 겁니다."

-뭐, 편할 대로 해라.

"네, 조언 감사합니다, 가르시아 선배."

-오냐.

가벼운 긍정을 끝으로, 전화가 끊어진 다음 순간.

필 휴즈가 다시 전화기를 들었다.

선배.

이 길을 먼저 걸어갔던, 존경할 만한 사람.

김신이 자신을 부르는 명칭에 걸맞은 존재가 되기 위해.

"감독님, 드릴 말씀이 있습니다."

조 지라디 감독의 머리털을 뽑을, 새로운 난제 하나가 배달됐다.

[안녕하십니까, 시청자 여러분. 오늘은 아메리칸리그 디비전 시리즈 4차전 경기가 열리는 양키 스타디움에서 찾아뵙습니다. 어제, 텍사스 레인저스가 벼랑 끝에서 생존했었죠?]

[네, 그렇습니다. 다르빗슈 유 선수의 호투에 양키스 타선이 침묵하면서, 텍사스 레인저스가 가을 야구를 더 할 수 있게 됐죠. 양키스로선 거의 손에 쥐었던 챔피언십 시리즈 티켓을 놓친 게 됐습니다. 그것도 홈에서요.]

[맞습니다. 더군다나 옆에서 벌어지는 디트로이트 타이거스와 오클랜드 애슬레틱스의 디비전 시리즈도 2 : 0으로 승기를 굳혀 가던 타이거스가 2연패를 하면서 2 : 2 동률. 한 치 앞을 알 수 없는 미궁에 빠지게 됐거든요. 양키스도 같은 상황이 되지 않으리란 보장이 없습니다.]

[그렇죠. 그래서 그런지 오늘 양키 스타디움을 메운 핀스트라이프들의 응원 소리가 특히 우렁찬 것 같습니다.]

4차전에서 끝내고 하루라도 더 휴식을 취하길 바라는 마음으로 힘껏 내지르는 양키스 팬들의 응원 소리가 경기장을 가득 메운 가운데.

해설진이 계속해서 멘트를 이어 갔다.

[다만 양키스 팬들에게는 안타깝게도, 오늘도 텍사스 레인저스에게 희소식이 있습니다. 선발로 예정됐던 필 휴즈 선수가 가벼운 통증을 호소해 경기를 뛸 수 없게 됐어요.]

[예, 물론 경기는 까 봐야 아는 거겠지만, 현재로썬 갑작스레 선발 등 판하게 된 이반 노바 선수가 잘 던질 수 있을지 물음표가 붙는 것이 사실입니다.]

[그렇습니다. 잠시 휴식 후, 라인업을 설명드리면서 이에 대해 자세히 논하도록 하죠. 디트로이트 타이거즈와 오클랜드 애슬레틱스의 5차전은 3회에 터진 오스틴 잭슨 선수의 2타점 적시타로 타이거즈가 앞서나가기 시작했다는 사실 전해 드리면서, 화면 돌리겠습니다.]

잠시 중계가 중단된 사이, 그라운드는 숨 가쁘게 움직였다.

"후우……."

조 지라디 감독의 선택을 받은 이반 노바는 마인드컨트롤을 하느라 바빴고.

"오늘 선발이 불안한 만큼 우리가 해 줘야 한다. 어제처럼 선풍기 돌리는 자식은 내가 엉덩이를 걷어차 줄 테니 그리 알아!"

"Yes, sir!"

어제 침묵했던 야수들은 데릭 지터의 채찍질 아래 절치부심 재차 결의를 다지느라 바빴으며.

"오늘 컨디션 괜찮은 애가 누구누구라고?"

"클루버와 베탄시스가 특히 공이 괜찮긴 한데……."

"젠장, 루키들이잖아!"

코치진은 선수들의 컨디션을 체크하며 혹시 있을지 모를

타이트한 투수 운용을 대비했다.

"플레이볼!"

그리고 어느새 시작된 경기.

시작부터 해설진이 얘기했던 물음표가 느낌표로 바뀌었다.

따악-!

[이번에도 1회 출루에 성공하는 이안 킨슬러! 이번 시리즈 리드오프의 역할을 120% 수행해 주고 있습니다!]

뻐엉-!

[베이스 온 볼스! 여기서 볼을 골라내는 엘비스 안드루스! 경기 초반부터 양키스에게 위기가 찾아옵니다!]

조 지라디 감독의 표정이 흐려졌다.

1회 초부터 대거 3득점.

텍사스 레인저스가 어제의 기세를 살리는 듯하던 경기는 곧 양키스 타선이 본모습을 찾으면서 치열하게 비벼지기 시작했다.

따악-!

[데릭 지터-! 그렇죠! 텍사스 레인저스에 이안 킨슬러가 있다면 뉴욕 양키스에는 데릭 지터가 있죠!]

따악-!

[브렛 가드너! 3유간을 쏜살같이 관통하는 타구! 이번엔 양키스의 차례! 장군 멍군입니다!]

따악-!

[이게 웬일인가요! 여기서 추신서의 싹쓸이 2루타가 터집니다! 곧바로 반격에 성공하는 뉴욕 양키스! 아직 아웃 카운트는 0개입니다!]

1, 2, 3번 상위 타선이 모조리 안타를 기록한 걸 시작으로 텍사스 레인저스보다 한술 더 뜬 4득점을 올렸다.

텍사스 레인저스의 3선발 데릭 홀랜드의 표정이 썩어 들어갔다.

하지만 홈팀 더그아웃에도 그만큼이나 고뇌에 찬, 이미 얼굴에 주름 하나가 더해진 사람이 있었다.

"으음…….."

그의 이름은 조 지라디.

인생은 선택의 연속이라는 말을 처절하게 체감하고 있는 남자였다.

이반 노바라는 실패할 뻔한 선택이 타선의 힘으로 유예된 건 좋은 일이었지만.

그럼으로써 조 지라디에게 또다시 선택지가 열린 것.

이반 노바를 한 번 더 믿을 것이냐, 아니면 퀵 후크를 불사해서라도 코리 클루버를 롱 릴리프로 기용할 것이냐.

한 점 차 살얼음판 같은 리드를 유지하기 위한 조 지라디 감독의 선택은.

[이반 노바. 타선의 도움으로 리드를 얻은 상황에서 2회 초를 시작합니다.]

믿음이었다.

시즌 마지막 경기에서 그가 선수들에게 보냈던 그 믿음.

하지만 이번에는 그 믿음이 통하지 않았다.

따악—!

[큽니다! 좌익수 뒤로! 좌익수 뒤로! 좌익수 뒤로! 잡지 못합니다! 공이 잡지 못하는 곳에 떨어졌습니다! 마이크 나폴리의 솔로 포! 다시 경기가 원점으로 돌아갑니다!]

[오늘 양 팀 투수들은 괴롭네요. 정신없이 두들겨 맞습니다.]

거기까지 가서는 조 지라디 감독도 도리가 없었다.

"고생했다."

"……죄송합니다."

고개를 푹 숙인 이반 노바가 더그아웃으로 사라지고.

[투수 교체입니다! 2회 초, 투수 교체를 단행하는 조 지라디 감독! 지난 1차전 레인저스의 위장 선발이 떠오르는군요.]

[이건 다르죠. 퀵 후크라고 봐야 합니다. 그리고…… 물론 상당히 이르긴 하지만 오늘 이반 노바 투수가 많이 흔들리고 있었거든요. 잘 바꿨다고 봅니다.]

[그렇군요. 말씀드리는 순간 불펜에서 코리 클루버 선수가 등장합니다. 이 선수도 오늘 데뷔전을 치르네요. 뛰어난 활약을 펼친 동기들처럼

제 역할을 해낼 수 있을지! 잠시 뒤에 뵙겠습니다.]

또 한 명의 슈퍼 루키가 기회를 받았다.

2회 초, 무사 주자 없는 상황.

코리 클루버가 마운드에 올랐다.

[코리 클루버. 이번 시즌 데뷔한 루키입니다. C.C. 사바시아. 구로다 히로키, 앤디 페티트 선수가 모두 부상으로 이탈했던 후반기 초중반에 5선발로서 준수한 역할을 해 준 바 있습니다. 한때 리그 최고의 5선발이라는 평가를 받았죠.]

[그렇습니다. 이 코리 클루버 선수가 없었다면 양키스의 시즌 최다 승은 힘들었을 겁니다. 이번 시즌 총 16경기 중 15경기를 선발로 출전해 7승 5패. ERA 4.14를 기록했습니다. 공교롭게도 데뷔 경기에서만 롱 릴리프로 뛰었는데 포스트 시즌 데뷔도 롱 릴리프로 치르게 되네요.]

[신기한 우연입니다.]

[예, 이번 시즌 양키스에는 유독 그런 이야깃거리가 많아요.]

[하하, 포스트 시즌 로스터에 신인이 6명이나 들어 있는 팀이니 이야깃거리도 많을 수밖에 없죠.]

[그만큼 많은 신인이 포텐셜을 터뜨렸다는 것 자체가 되는 팀이라는 소리겠죠. 새삼 많기도 하군요.]

원 역사처럼 2014년 첫 규정 이닝 소화와 동시에 사이 영을 받았던 만큼의 임팩트는 없었지만 데뷔와 동시에 탄탄한 5선발을 구축하면서 좋은 평가를 얻었던 코리 클루버.

김신, 게리 산체스, 조시 도널드슨과 함께 양키스의 뉴 코어4 중 하나로 불리는 남자가 연습 투구를 시작했다.

뻐엉-!

"굿. 좋아!"

그 공을 받아 주는 사람 또한 같은 뉴 코어4의 일인(一人), 게리 산체스.

너무나 익숙한 그 미트에 공을 집어넣으며, 코리 클루버는 두어 시간 전 김신의 조언을 떠올렸다.

-클루버 씨도 알고 계시죠? 이번 경기 출전하실 수도 있어요. 제가 주제넘을 수도 있지만, 혹시 출전하시게 되면 편하게 던지시면 좋을 것 같아요.

……로 시작하는, 요약하자면 '내가 뒤에 있으니까 걱정하지 말고 편하게 던져라'라는 조언이었다.

언젠가 데릭 지터가 마리아노 리베라가 후배들에게 건넸던 것과 맥락을 같이하는 그런 말.

문득 떠오른 그 말에 무표정이 디폴트인 코리 클루버의 입꼬리가 슬쩍 올라갔다.

'그게 쉬우면 못 던지는 투수는 아무도 없겠지.'

맞는 말이었다.

아무리 뒤에 누가 있다고 쳐도 실제 지금 공을 던지는 사람은 본인이고.

지금의 피칭이 끼치는 영향을 직접적으로 받는 것도 본인인바.

'날 믿어!'라는 말만 듣고 평소처럼 던질 수 있다면 큰 경기에서 무너지는 투수 따윈 없어야 했다.

하지만 그렇다고 그런 조언들이 아무 의미도 없는 공수표는 또 아니었다.

많은 사람이 비슷한 말을 하는 덴 이유가 있는 법.

실제 그런 말을 듣고 완벽하겐 아니더라도 유의미한 수준의 안정을 찾는 남자들이 있었다.

델린 베탄시스도 그랬지만, 코리 클루버도 그런 남자 중 하나였다.

[자, 경기 재개됩니다. 마운드에는 코리 클루버, 타석에는 9번 타자 미치 모어랜드!]

그런 조언만으로도 달라질 수 있는 두꺼운 신경 줄을 가진.

첫 규정 이닝 소화와 동시에 사이 영을 석권했던 거침없는 신예가 팔을 휘둘렀다.

뻐엉─!

"스트라이크!"

[역시 초구로 투심을 구사하는 코리 클루버. 손쉽게 초구 스트라이크를 잡습니다.]

[초구 투심 구사율이 70%에 육박하는데 초구 안타를 맞은 사례가 거의 없어요. 전 양키스 단장 보좌였던 레전드, 그렉 매덕스에게 제대로 배웠습니다.]

[하하, 코리 클루버의 이적에 애초부터 그렉 매덕스 씨가 관여했다는 소문도 있더군요. 후계자로 점찍었다고.]

[그럴 수도 있죠. 저렇게 던져 주는데요. 지금이야 WBC 준비 때문에 바쁘겠지만, 내년엔 또 어떻게 될지 모를 일입니다.]

[그렇습니다. 말씀드리는 순간, 코리 클루버 제2구!]

본디 제구 난조를 보이며 코리 클루버를 2014년까지 무명으로 있게 했던 투심 패스트볼이 힘차게 맥동했다.

뻐엉—!

[이번엔 살짝 빠졌습니다. 1-1!]

물론 아무리 그렉 매덕스의 가르침을 받았고, 김신과 꾸준히 노력했다 하더라도 2년이란 시간을 뛰어넘어 2014년의 그것과 같은 수준을 보일 순 없었다.

만약 같은 수준이었다면 애초에 '5선발 중' 최고가 아니라 그냥 최고를 다툴 선수가 바로 코리 클루버였으니까.

하지만 그 정도로도 5선발 중 최고라 불리는 남자가 또 코리 클루버였고.

뻐엉—!

"스트라이크!"

통산 타율이 2할 중반을 간신히 웃도는 AAA급 타자 미치 모어랜드에게 코리 클루버의 투심은 사이 영 위너급이었다.

뻐엉—!

"스트라이크아웃!"

[삼진! 첫 타자부터 삼진으로 제압하면서 기분 좋은 출발을 하는 코리 클루버입니다.]

[이제부터가 진짜죠. 텍사스 레인저스의 상위 타선이 돌아옵니다.]

[그렇습니다. 이안 킨슬러, 이번 시리즈 레인저스를 이끄는 최고의 리드오프가 타석에 섭니다.]

1사 주자 없는 상황에서 돌아온 텍사스 레인저스의 상위 타선.

코리 클루버는 아껴 뒀던 두 번째, 세 번째 무기를 즉각 꺼내 들었다.

따악—!

[유격수 정면! 데릭 지터, 가볍게 처리! 투아웃! 힘든 타자를 쉽게 처리합니다, 코리 클루버!]

[커터였죠? 이 선수 커터도 참 일품이에요.]

마리아노 리베라의 그것과는 다르지만, 충분히 플러스급이라는 평가를 받는 컷 패스트볼.

부우웅—!

[스윙 앤 어 미스! 코리 클루버, 흔들림 없이 2회 초를 마무리합니다!]

[이거죠! 코리 클루버 선수의 전매특허가 나왔습니다. 투심으로 카운트를 잡은 후에 나오는 이 커브. 커브로 기록되긴 하지만 커브인지 슬라이더인지 명확히 말하기 어려운 이 슬러브가 상당히 까다롭습니다. 투심의 제구력만 좀 더 올라오면 김신 선수와 함께 양키스의 미래를 이끌 투수예요!]

[그래서 뉴 코어4라 불리는 것 아니겠습니까?]

머지않은 미래 코리 클루버를 탈삼진 머신으로 만들어 줄 그의 결정구, 슬러브.

더그아웃으로 유유히 사라지는 코리 클루버의 등번호를 바라보며 해설진이 침을 튀겼다.

[그러고 보면 코리 클루버 선수도 그렇고, 오늘 아쉽게 등판하지 못한 필 휴즈 선수나 불펜에서 대기 중일 델린 베탄시스 선수도 그렇고…… 양키스 신인 투수들은 다들 볼삼비가 상당히 좋아요. 삼진형 투수라는 거죠. 이전 양키스 투수들과는 다른 스타일입니다. 이게 또 주효하고 있어요.]

[세대교체가 잘 진행되고 있다, 이런 평이라 생각해도 되겠습니까?]

[지금은 일단 신구 조화가 잘돼 있다, 이렇게 말씀드리겠습니다.]

신구 조화가 뛰어나다는 해설진의 평과 함께 끝이 난 2회 초.

그리고 이어진 2회 말, 투수진뿐 아니라 타선도 그렇다는 걸 보여 주기 위해.

[나우 배팅, 넘버 64! 매니- 마차도!]

넷뿐인 뉴 코어의 자리를 늘리려는 남자가 타석에 섰다.

조 지라디 감독이 퀵 후크도 불사하며 발 빠른 투수 교체로 레인저스 타선을 틀어막은 것처럼.

론 워싱턴 감독도 불펜을 총동원하여 뉴욕 양키스 타선을 제어했다.

2회 말 매니 마차도의 선두 타자 안타부터 비롯된 2점을 막아 내지 못한 흠을 제외하면.

이후 경기의 양상이 바뀌었다.

따악-!

[이 타구가 3루수 정면으로 갑니다! 마이클 영, 3루 포스아웃 후 1루 송구! 1루에서…… 아웃입니다! 마크 테세이라의 병살! 5회 말이 종료됩니다!]

[과연 포스트 시즌이네요. 초반 타격전에 이은 치열한 투수전이 펼쳐지고 있습니다! 양 팀 다 필사적이에요!]

5회까지 종료된 시점에서 7-5.

그리고 경기가 이렇게 됐다는 뜻은, 불펜 운영이 중요한 시점이 왔다는 소리였다.

그런 상황에서 조 지라디 감독의 선택은, 다시 한번 루키였다.

[6회 초, 양키스에 투수 교체가 있습니다. 코리 클루버 선수가 내려가고, 델린 베탄시스 선수가 마운드를 이어받습니다.]

[오늘 조 지라디 감독이 루키들을 신뢰하는 모습을 보여 주네요. 과연 어떤 결과를 낳을지.]

[아까 델린 베탄시스가 볼삼비가 좋은 훌륭한 투수라고 하지 않으셨습니까?]

[볼삼비가 좋은 건 맞는데 훌륭하다고까진 안 했습니다. 델린 베탄시스 선수는 매니 마차도 선수보다도 보여 준 게 없어요. 평가할 만한 자료도 사실 없습니다.]

이번 디비전 시리즈 로스터에 올라 있는 여섯 명의 루키 중 마지막.

델린 베탄시스가 마운드에 섰다.

고작 2점 차.

그의 실투 하나가 팀을 벼랑 끝으로 몰 수도 있는 상황이었지만 델린 베탄시스는 의외로 담담했다.

'뭐…… 보스턴전이랑 별 차이 없네. 오히려 한 점이나 줘도 되잖아?'

양키스의 시즌 최다 승을 결정짓는 마지막 경기에서, 9회에.

심지어 팀이 지고 있는 터프하디 터프한 상황에서 등판한 경험에 더해.

김신의 뒤를 이어 지난 1차전을 마무리해 본 경험까지 축

적한 델린 베탄시스.

'어차피 맞으면 바로 교체다. 내 뒤에 누가 있는데.'

뒤를 맡아 줄 양키스의 수호신과 5차전까지 가더라도 잡음 없이 시리즈를 마무리할 양키스의 첫 번째 펀치를 떠올린 그의 팔이 휘둘리고.

쐐액-!

자신감 넘치는 100마일의 속구가 미트를 향해 내리꽂혔다.

뻐엉-!

"스트라이크!"

[마이클 영, 미동도 하지 못합니다! 90마일 초반대의 투심을 상대하다 100마일의 포심이 날아드니 까다롭죠!]

10년이 넘게 메이저 물을 먹은 베테랑이자 텍사스 레인저스의 주장인 마이클 영도 나이 든 타자들의 치명적인 약점을 극복할 순 없었다.

나이 든 타자들에게 가장 효과적인 공, 속구가 끝없이 그를 괴롭혔다.

뻐엉-!

"스트라이크아웃!"

그리고 잠시 후.

[이 정도면 훌륭하다고 할 만합니까?]

[예, 오늘 경기에선 훌륭하네요.]

'오늘 경기에선'이라는 단서를 붙인 해설자의 고집스러운 평가를 끝으로 델린 베탄시스가 마운드를 내려가고.

그가 유지해 준 7-5, 두 점의 차이를 이후 데이비드 로버트슨-라파엘 소리아노-마리아노 레베라로 이어지는 양키스의 필승조가 견인하면서.

삐엉-!

[경기 끝났습니다! 양키스의 철벽 불펜이 마지막 한 조각을 채워 주면서, 양키스가 두 점 차 승리를 거둡니다! 굿바이, 레인저스! 다음 시즌에 만나요!]

뉴욕 양키스의 챔피언십 시리즈 진출이 확정되었다.

그 상대는.

[오랜만에 같은 날 챔피언십 시리즈 진출 팀이 결정됐네요.]

[네. 올해는 누가 많이 쉬어서 유리하니 이런 소리를 안 볼 수 있겠네요.]

[하하, 이제 양키스는 하루 휴식 후, 두 시간 전에 이미 올라가 기다리고 있는······.]

유일하게 김신에게 승리가 아닌 다른 결과를 받아들이게 만들었던 팀.

원 역사에서 뉴욕 양키스를 4-0으로 셧 아웃시키고 월드 시리즈로 직행했던 팀.

양키스의 커티스 그랜더슨과 타이거즈 조시 해밀턴의 추격을 뿌리치고 기어이 홈런왕을 달성한 남자가 이끄는.

[……디트로이트 타이거스와 챔피언십 시리즈를 치르게 되겠습니다! 중계방송 마칩니다. 다음 시간에도 이곳, 양키 스타디움에서 찾아뵙겠습니다!]

디트로이트 타이거스였다.

〈양키스 디비전 시리즈 제압! 나와, 디트로이트!〉
〈루키들의 활약 빛난 뉴욕 양키스. 루키 시리즈는 이어지나〉

자연스럽게 1차전 선발로 확정된 남자가 눈을 빛냈다.

텍사스 레인저스가 짐을 싸 집으로 돌아간 다음 날.
4차전에서 디비전 시리즈를 끝냈기에 주어진 소중한 하루의 휴식일.

〈루키들의 활약 빛난 뉴욕 양키스. 루키 시리즈는 이어지나〉

─이번 시리즈는 진짜 루키들이 잘했지. 루키 시리즈 맞다.
─진짜 우리 루키들 너무 사랑스럽다. 다 장기 계약으로 혼내 주자!
─몇 명인데 다 장기 계약 ㅋㅋㅋㅋㅋ 아무리 양키스라도 돈이

그 정도로 남아 도냐? 김신이랑 게리 산체스만 잡아도 허리 휘청일 것 같은데.

└응, 너네 팀 같지 않거든요? 거지랑 겸상 안 함 ㅂㅂ

선택에 대한 판단은 언제나 결과가 하는 법.

조 지라디 감독의 모험적인 선택은 루키 시리즈라는 이름으로 포장되었다.

그런데 어서 푹 쉬라고 등 떠밀어져도 될 만한 그 루키 중 한 명은 소중한 휴식일에 불편한 상사와 함께하며 어리둥절한 표정을 짓고 있었다.

'여긴 어디? 나는 누구?'

그 주인공은 바로 델린 베탄시스.

늘어지게 잠을 자고 있던 오후, 갑자기 들이닥친 마리아노 리베라에 의해 딱딱하게 각을 잡게 된 남자였다.

"그러니까 말이야. 이게 불펜 투수란 게 참 그래. 고생은 고생대로 하는데 인정은 못 받는단 말이지. 연봉만 봐도 그렇잖아? 선발 투수의 쥐꼬리만큼도 안 된다고."

맞는 말이었다.

단, 선발 투수급 연봉을 수령하는 본인을 제외하면.

"명예의 전당도 마찬가지야. 불펜 투수 중에 그나마 제일 나은 마무리 투수만 봐도 명예의 전당 들어가기가 하늘의 별 따기잖아?"

역시 맞는 말이었다.

단, 만장일치로 명예의 전당에 입성할 본인을 제외하면.

'도대체 왜 갑자기…….'

갑자기 방에 찾아와 불펜 투수의 처지에 대해 역설하는 마리아노 리베라의 모습에 델린 베탄시스는 '왜?'라는 의문밖에 떠올릴 수 없었다.

불펜 투수를 업으로 삼으려는 게 아닌, 어쨌든 선발 투수를 향해 나아가고자 하는 그였으니까.

하지만 마리아노 리베라는 계속해서 말을 이어 갔다.

"그래도 조금만 지나면 나아질 거야. 이게 불펜 투수라는 게 사실 엄청 중요한 거거든. 터프한 경기일수록 더. 터프한 경기에서 믿고 1이닝을 맡길 수 있는 투수의 가치는 점점 상승할 거야. 어쩌면 6이닝을 3실점 안에 끊을 수 있는 선발 투수만큼이나."

철벽 불펜의 힘으로 7-8-9회를 셧 아웃시키며 우승에 성공한 캔자스시티의 성공 이후 불기 시작한 불펜 투수 영입 바람.

또한 그 이후로도 우승에 큰 역할을 하며 증명되기 시작한 불펜 투수들의 가치를 한발 앞서 내다보고 있는 남자, 마리아노 리베라는.

"나 때완 달리 너는 충분히 인정받을 수 있어. 그러니까 공만 잘 던지면 돼."

계속해서 델린 베탄시스라는 불펜 투수 앞에 어떤 일들이 기다리는지.

또 어떻게 해야 하는지 열변을 토했다.

그제쯤 와서야 델린 베탄시스도 모를 수가 없었다.

'아, 나를…… 상당히 좋게 봐주고 계시구나.'

당연했다.

메이저리그 최고의 마무리라 불리며 무려 600세이브를 쌓은 레전드가 쉬는 날을 반납해 가며 신인에게 찾아올 이유가 그것 외에는 없지 않겠는가.

선발 투수로 참가했던 스프링캠프와 전혀 다른 이런 모습은 그가 불펜 투수로 완전히 전향했다는 판단 아래에서만 가능했다.

"100마일이란 건 숫자뿐 아니라 정말 대단한 구속이거든. 넌 누구 뒤에 등판하든 경쟁력이 있어. 딱 하나 애매하다면 킴인데, 킴은 좌완이고 넌 우완이니까…… 뭐, 그나마 괜찮지."

다만 그럴 생각이 없는 델린 베탄시스로서는 연신 어색한 웃음을 지을 수밖에 없었을 뿐.

"하하, 그렇군요. 감사합니다."

"감사하긴 뭘. 같은 팀인데. 요즘 애들은 100마일 던졌다 하면 다 선발로 가려고 해서 참 문제야. 사실 빠른 구속의 전력투구가 더 위력적인 건 불펜이거든? 물론 100마일을 주구

장창 던지는 킴 같은 미친놈들 빼고."

"그렇군요. 저도 불펜으로 던지면서 한 구, 한 구에 전력을 쏟게 된 거 같습니다."

"당연히 그래야지. 참, 무슨 질문 있어? 여태까지 느꼈던 거나 궁금했던 거. 이제 이런 시간 없을지도 몰라. 내가 다 알려 줄 테니 다 물어봐."

"에……."

그렇게 동상이몽의 두 투수가 보내는 오붓한 시간이 흘러갔다.

마리아노 리베라와 델린 베탄시스가 호텔 방에서 대화에 열중일 무렵.

또 한 명의 루키는 아예 그라운드에 불려 나와 있었다.

"안녕하십니까!"

그의 이름은 게리 산체스.

미친 듯한 방망이를 휘두르며 시리즈를 제압한 남자였다.

디비전 시리즈 MVP는 출전 경기 수에서 밀린 탓에 매니 마차도에게 돌아갔지만, 2경기부터 그의 활약은 누구나 박수를 칠 만한 수준이었고.

평소 친하게 지내는 김신이나 비슷한 경력의 선수들과 함께 있을 때는 '내가 바로 게리 산체스다!'를 시전할 만큼 자신 감에 차 있는 그였으나..

지금 함께 있는 남자 앞에서는 감히 그런 말을 뱉을 수 없었다.

"반갑다. 얘기 많이 들었어. 호르헤 포사다다."

호르헤 포사다.

데릭 지터, 앤디 페티트, 마리아노 리베라와 함께 양키스의 황금기를 이끌었던 코어4.

그중에서도 포수.

'아니, 이게 무슨……'

초면인 레전드의 등장에 땀을 삐질삐질 흘리며, 게리 산체스가 자신을 이곳으로 불러 낸 남자에게로 시선을 던졌다.

그러나 그가 볼 수 있었던 건 잘생긴 얼굴에 떠오른 한 조각 미소뿐.

씨익—.

기깔나는 토마호크 스테이크를 사 주겠다며 게리 산체스를 훈련장으로 이끈 남자, 데릭 지터가 음흉하게 웃음 지었다.

'타격이야 뭐, 기세 타고 있는 놈한테 이래라저래라 할 것 없지만, 수비는 다르지.'

데릭 지터가 돈가스로 남자아이들을 낚아 고래를 잡게 하는 어머니처럼 행동한 이유.

그것은 아직도 게리 산체스의 약점으로 지목되는 수비 때문이었다.

문제는 알고 있고, 단시간에 해결하진 못하더라도 유의미한 효과를 줄 만한 사람도 알고 있다.

심지어 그 사람을 바로 부를 수도 있다.

'물론 포사다가 수비가 좋은 포수는 아니었지만 이놈보다야……'

그런데 아니할 이유가 없잖은가.

정상에 있어도 안주하지 않고 끊임없는 향상성을 지향하는 남자가 고개를 끄덕이는 순간.

"장비…… 안 입나?"

"예…… 예? 아, 입겠습니다! 잠시만요!"

얼떨결에 장비를 챙겨 입은 게리 산체스가 이내 그라운드를 구르기 시작했다.

"포수는 성실해야 하고, 머리도 좋아야 해. 시간 많지 않으니까 집중하자."

잠시 후, 담담한 어투로 한 사람을 흙투성이로 만들던 호르헤 포사다가 슬쩍 왼편을 바라보았다.

"굿!"

치켜올린 데릭 지터의 엄지와 함께.

그로 인해 휴식일 절반을 빼앗긴 두 루키가 울부짖었다.

"끄응."

그리고 하루라는 상대적인 시간이 쏜살같이 흘러.

〈ALCS 1차전. 뉴욕 양키스 VS 디트로이트 타이거스, 김신 VS 저스틴 벌랜더!〉

아메리칸리그 챔피언십 시리즈 1차전의 해가 밝았다.

2012년 10월 13일.

필사적으로 근무를 빼고 저녁까지 든든히 먹은 캐서린 아르민은 오랜만에 지정석이 아닌 다른 곳에 자리를 잡았다.

"여기네."

그녀의 남자 친구가 미리 준비해 준 소중한 티켓을 지참한 그녀는 자리에 앉아 벌써부터 술렁이는 양키 스타디움의 목소리에 귀를 기울였다.

"타이거스 새끼들 참 독해. 5차전에서 기어이 벌랜더를 아끼다니."

"그러게 말이야. 근데 그만큼 우리 킴이 무서웠다는 거 아니겠어? 레인저스 놈들처럼 꼼수 써도 안 될 거 같으니까 맞불로 가자는 거잖아."

"흥, 맞불은 무슨 맞불! 벌랜더가 어디 킴한테 되나?"

"그건 그래."

아무리 김신이라도 아직 벌랜더한텐 밀리지 않나, 했던 시즌 초와는 180도 다른 대화.

캐서린 아르민은 맞다는 듯 흡족히 고개를 끄덕인 뒤, 그들과 마찬가지로 디트로이트 타이거스를 씹어 댔다.

'고양이 새끼들이 우리 신이 무섭긴 한가 봐?'

4차전에서 끝난 양키스와 달리 5차전까지 치러야 했던 디트로이트 타이거스는 본디 에이스인 저스틴 벌랜더를 소모하고 올라왔어야 했다.

하지만 3, 4차전을 지켜본 뒤 오클랜드 애슬레틱스의 방망이가 녹슬어 있으며, 문제는 타선이었지 투수진이 아니었다는 걸 확신한 타이거스의 짐 릴랜드 감독은 저스틴 벌랜더에게 5차전 휴식을 부여하는 강수를 두었고.

대신 하루 있을 휴식일을 믿고 불펜을 대거 동원하는 작전으로 디비전 시리즈를 제압, 마침내 챔피언십 시리즈 1차전에 저스틴 벌랜더라는 카드를 꺼내 든 것이었다.

가장 중요한 시리즈 1차전을 호락호락 넘겨주지 않겠다는 의지의 표명이자, 그만큼 김신을 경계하고 있다는 신호.

하지만 그래 봐야 듬직한 연인을 넘을 수는 없을 것이라 자신하고 있던 캐서린 아르민의 귀에 이상한 소리가 들렸다.

"그래도 몰라. 벌랜더는 벌랜더야. 잊었어, 지난 해 사이영 수상자가 누구인지? 디트로이트 타선은 또 어떻고. 미겔 카브레라가 홈런왕 차지한 거 다들 알잖아?"

꼭 한 명씩 끼어 있는 비관론자들은 답도 없다고 생각하며.

캐서린 아르민은 즉각 일어나 김신이 어떤 투수인지, 양키스 타선이 얼마나 강력한지 일장연설을 펼치려 했으나.

"이⋯⋯."

"닥터 아르민?"

일갈이 터지기 직전 치고 들어온 익숙한 목소리에 황급히 욕설을 목구멍으로 삼켜야만 했다.

"어⋯⋯ 교수⋯⋯ 아니, 아버⋯⋯ 아니, 교수님?"

그 목소리의 주인은 그녀가 횡설수설 호칭을 고민해야 하는 인물.

바로 김신의 부친, 김성욱 교수였다.

당황해 어쩔 줄 모르는 캐서린의 모습에 은은히 미소 지은 김성욱 교수가 거절할 수 없는 부탁을 해 왔다.

"마침 다행이네요. 적적하게 혼자 봐야 하나 난감하던 참이었는데. 같이 봐도 괜찮을까요?"

"아⋯⋯ 네. 그럼요."

물론 김신은 두 사람의 자리를 멀찍이 띄워 놓았지만.

아들이 야구광 여자 친구에게 티켓을 선물하지 않았을 리 없다는 날카로운 판단으로 매의 눈을 시전하고 있던 김성욱 교수의 눈에 마침 일어서 있던 캐서린 아르민이 포착되는 건 필연이었던 것.

남자 친구 아버지의 부탁에 어쩔 수 없이 캐서린이 고개를 끄덕이자마자 김성욱 교수가 추진력을 발휘했다.

"좋습니다. 그럼…… 혹시 저랑 자리 좀 바꿔 주실 수 있으실까요? 사례는 하겠습니다."

"흠, 얼마나요?"

"이 정도면 어떻습니까?"

"오, 통이 꽤 큰 분이시군요. 좋습니다. 자리가 어디시죠?"

순식간에 자리까지 바꿔 그녀 옆에 털썩 주저앉는 직장 상사이자 남자 친구의 아버지.

'아…… 어떡하지?'

캐서린 아르민으로서는 본모습이 들킬까 불안해하면서도 얌전한 고양이처럼 의자에 앉는 수밖에 없었다.

"그래도 신이가 선수니까 어느 정도는 알지만 사실 나 야구 잘 몰라요. 옆에서 많이 알려 줘요."

"넵. 그럼요."

캐서린 아르민의 좌불안석이 성사됨과 동시에.

[웰컴 투 메이저리그 베이스볼! 웰컴 투 챔피언십 시리즈!]

자존심을 건 두 에이스의 맞대결이 시작됐다.

덜컹─!

불펜의 문이 열리고.

[피처, 신ㅡ 킴ㅡ!]

주인공이, 등장했다.

[웰컴 투 메이저리그 베이스볼! 웰컴 투 챔피언십 시리즈! 뉴욕 양키스와 디트로이트 타이거즈, 디트로이트 타이거즈와 뉴욕 양키스의 챔피언십 시리즈 1차전! 여기는 양키 스타디움입니다!]

양 팀 에이스 대결에 걸맞게, 챔피언십 시리즈 1차전에 걸맞게 구름 관중이 운집한 양키 스타디움.

뻐엉-!

"오오오오-!"

"역시 킴이야. 소리부터 달라."

"믿음직하지."

김신의 연습 투구가 러셀 마틴의 미트에 틀어박힐 때마다 추임새에 경기장이 술렁이는 와중, 해설진의 목소리가 전파를 탔다.

[저스틴 벌랜더 선수와 김신 선수, 이번이 두 번째 대결이죠?]

[맞습니다. 처음은 김신 선수의 판정승이라 할 수 있었죠. 1 대 0으로 양키스가 승리했습니다.]

[네, 저도 기억이 나네요. 미겔 카브레라 선수 앞에서 김신 선수가 와인드업을 했던 그 경기. 하지만 그로 인해 파생된 벤치 클리어링 때문에 말이 많았죠.]

[맞습니다. 벤치 클리어링으로 디트로이트 타이거즈 타선을 이끄는 미겔 카브레라 선수가 퇴장당했기 때문에 그런 결과가 나왔다는 의견이

있었죠. 아마…… 오늘 그 결과를 확인할 수 있을 듯합니다.]

[그렇습니다. 오늘은 미겔 카브레라 선수가 주먹질을 하지 않겠죠. 무려 챔피언십 시리즈니까요. 그런데 그것 말고도 디트로이트 타이거스 라인업에 평소와 다른 점이 보입니다.]

[예. 1루수 프린스 필더, 좌익수 앤디 더크스 두 명만 제외하고 모조리 우타자, 플래툰입니다. 사실 디트로이트 타이거스의 주전 라인업에 우타자가 대부분이기도 하지만, 이 정도면 최소한으로 좌타자를 줄인 겁니다. 저격이라고 봐야겠죠.]

[그렇습니다. 김신 선수의 좌완 투구를 최대한 억제해 보겠다, 이런 의도로 보입니다.]

디트로이트 타이거스에서 김신을 위해 준비한 전략은 저스틴 벌랜더만이 아니었다.

플래툰. 통상 좌우놀이라 불리는 그것.

저스틴 벌랜더가 양키스 타선을 묶는 동안 김신을 공략해 무너뜨리겠다는 의지.

그에 대한 김신의 답변은 간단했다.

"플레이볼!"

[긴장되는 순간, 김신 선수 와인드 업!]

우타자든 좌타자든 별로 상관이 없는 구종.

부우웅—!

"스트라이크!"

위에서 아래로 떨어져 내리며 타자의 방망이를 희롱하는

가장 전통적인 변화구.

[스윙 앤 어 미스! 초구 커브에 헛스윙하는 오스틴 잭슨 선수입니다.]

커브.

뻐엉-!

"스트라이크!"

[이번에도 커브! 스트라이크존 하단에 절묘하게 걸칩니다!]

커브, 커브, 커브, 그리고 또 커브.

오버핸드 투수의 손에서 흘러나오는 폭포수가 디트로이트 타이거스 타선을 흠뻑 적셨다.

부우웅-!

"스트라이크아웃!"

좌우놀이의 핵심은 좌타자는 좌투수에게 약하고, 우타자는 우투수에게 약하다는 점에서 기인한다.

물론 그건 야구계의 상식일 정도로 당연한 이야기다.

하지만 왜, 어째서 좌타자는 좌투수에게 약하고 우타자는 우투수에게 약할까?

첫 번째 이유로는 현대 야구에서 변화구의 왕이라 불리는 슬라이더 같은 횡 변화구를 들 수 있다.

간혹 슬라이더를 종 변화구처럼 사용하는 경우도 있지만

대부분.

좌완 투수의 슬라이더는 좌타자의 바깥쪽으로 빠져나가고.

우완 투수의 슬라이더는 우타자의 바깥쪽으로 빠져나간다.

스트라이크인 줄 알고 휘둘렀는데 볼.

그럼 당연히 타자는 카운트 하나를 헌납할 수밖에 없다.

더군다나 카운트가 몰렸을 때 쓰거나, 기반을 쌓아 주는 속구가 강력해질수록 같은 손 투수의 횡 변화구는 재앙과 다름없다.

아예 방망이가 닿지 않는 곳으로 사라지는 공이니까.

두 번째 이유는 릴리스 포인트다.

홈플레이트 왼쪽에 서는 우타자에겐 오른쪽, 1루 쪽에서 시작되는 좌완 투수의 손이 더 잘 보이고.

홈플레이트 오른쪽에 서는 좌타자의 경우엔 왼쪽, 3루 쪽에서 시작되는 우완 투수의 손이 더 잘 보인다.

손이 더 잘 보이면 공이 더 잘 보이는 건 당연하고.

그 공을 놓는 릴리스 포인트나 그립, 어떤 구종인지도 훨씬 빨리 알아볼 수 있다.

그것은 곧 0.1초 미만의 차이로 결정되는 타격의 시간에 엄청난 도움이 된다.

이런 이유로 타자는 같은 손 투수에게 약하고 다른 손 투수에게 강하다는 공식이 성립되는 것이다.

당연히 개인차는 있겠지만.

그런데 두 번째 이유, 릴리스 포인트에 관여하는 요소가 또 하나 있다.

바로 투구 폼이다.

먼저 평범한 투구 폼보다 더 좌우로 뻗어 나가는 사이드암이나 언더핸드의 경우, 조금 더 극단적인 차이를 보인다.

우완 언더핸드 투수의 손은 우타자에게 더 안 보이고, 좌타자에겐 더 잘 보인다.

좌완 언더핸드 투수의 손은 우타자에겐 아주 잘 보이고, 좌타자에겐 거의 안 보인다.

메이저리그에서 좌완 언더핸드 선발을 본 적이 있는가?

좌완 사이드암 투수가 승승장구하는 걸 본 적이 있는가?

아마 없을 것이다.

다 이런 이유 때문에.

안 그래도 우타자가 많은데 우타자에게 극히 취약하니까.

반대로, 오버핸드같이 애초부터 손을 숨길 수 없는 투구 폼은 좌우를 가리지 않고 모든 타자가 투수의 손을 확연하게 볼 수 있다.

그럼 여기서 문제.

김신은 왼손으로 투구할 때 어떤 투구 폼을 사용할까?

정답은 당연히.

뻐엉-!

"스트라이크아웃!"

오버핸드(Overhand).

좌우를 가리지 않는 투구 폼에서 쏘아진 커브가 우타자 오마르 인판테를 손쉽게 돌려세웠다.

[다시 삼진! 오마르 인판테 선수까지 삼진으로 돌려세우는 김신 선수! 플래툰 정도로는 자신을 막을 수 없음을 보여 주고 있습니다!]

애초에 김신이 우타자에게도 좌완을 불사하는 것은.

총 투구 수의 70% 가까이를 좌완으로 소화하는 것은 그가 왼손잡이이고, 왼손에서 쏘아지는 100마일 이상의 포심이 강력한 것도 있지만.

그가 좌완 '오버핸드' 투수였기 때문도 무시할 수 없는 이유였다.

반대로 그가 좌타자에게 우완 승부를 최대한 꺼리는 것은 그가 우완 언더핸드 투수이기 때문이었고.

즉, 좌타자를 도배해서 김신의 우완을 봉쇄하는 건 효과적이지만.

우타자를 도배해서 김신의 좌완을 공략하겠다는 건 어불성설이라는 뜻이다.

물론 플래툰이 아예 의미 없진 않았다.

'뭐…… 슬라이더를 제대로 구사하지 못하는 건 맞는데 말이야.'

김신이 좌타자 저승사자로 불리는 가장 큰 이유인 슬라이더의 봉인이 그럭저럭 가능하다는 점은 사실이었으니까.

그러나 슬라이더를 빼고 생각해 보면, 좌완 오버핸드 투수 김신은 사실 우타자에 그리 약한 투수가 아니었고.

'그 정도로 될 거라 생각했다면 오산이지.'

심지어 김신에게는 슬라이더만 있는 것도 아니었다.

[오늘 김신 선수의 투구 레퍼토리가 아주 특이합니다. 지금까지 구사한 8개의 공 중 6개가 커브였어요.]

커브 볼(Curve Ball).

야구라는 종목이 생긴 후 가장 먼저 생긴, 최고(最古)의 변화구.

키가 크고, 릴리스 포인트가 높은 투수에게 가장 가치 있다 평가받는 구종.

빅 유닛, 랜디 존슨이 가졌다면 어떤 파괴력을 냈을까 호사가들이 입방아 찧는 바로 그 구종이.

김신에게는 있었다.

코리 클루버나 델린 베탄시스의 것과는 다른 정통적인 12 to 6.

하늘에서 지상으로 폭포수처럼 떨어져 내리는 커브.

각도만 세밀하게 조절할 수 있다면 너클볼에 준하는 위력을 자랑한다는 그 커브를 지닌 남자 앞에.

[나우 배팅, 넘버 24! 미겔- 카브레라-!]

요행이 따른 한 번의 승리로 자신의 위치를 착각하고 있는 도전자가 섰다.

[김신 선수와 저스틴 벌랜더 선수의 대결만큼이나, 지금 이 구도도 팬들이 참 기다리던 장면이죠.]

[그렇습니다. 김신에게서 유일하게 승리를 빼앗아 간 미겔 카브레라. 홈런왕 미겔 카브레라를 농락하고 퇴장시킨 김신. 아주 재밌는 스토리죠. 지금까지는 1 : 1이라고 할 수 있겠습니다.]

[원래 1 : 1에서 누가 이기느냐. 이게 제일 재밌는 거 아니겠습니까?]

해설진뿐 아니라 수많은 관중의 관심 속에, 1회 초 김신과 미겔 카브레라의 대결이 시작됐다.

그 대결에 임하는 청코너, 미겔 카브레라의 머릿속은 조금 복잡했다.

'이렇게 극단적인 커브 위주 투구라…… 예상 밖인데.'

구단 차원에서 전략을 세울 정도로 위험한 남자가 김신인바, 그에 대한 분석은 아주 치밀하게 진행됐고.

플래툰을 했을 시 커브나 체인지업을 더 많이 사용할 수도 있다는 건 이미 예측하고 있었다.

하지만 그토록 강력한 포심보다 커브를 더 구사하는 극단적인 수를 택할 줄이야.

'하여간 성가셔.'

다만 미겔 카브레라는 그저 성가시다, 정도로 평했다.

애초에 게스 히팅을 생각하고 타석에 선 게 아니었으니까.

'커브든 포심이든 뭐든 쳐 주지.'

존에 들어오는 공이면 무엇이든 담장 너머로 날려 버릴 각오로.

미겔 카브레라가 방망이를 움켜쥐었다.

그리고 다음 순간.

[김신 선수 와인드업!]

하늘 높이 치켜 올라간 김신의 왼손에서 튀어나온 공이.

순간적으로 둥실 뜨는 듯한 움직임을 보였다.

'커브!'

유일하게 톱 스핀이 걸리는 변화구, 커브의 상징과 같은 움직임.

그러나 미겔 카브레라는 다른 지점에서 웃음을 지었다.

'실투다!'

투수의 손을 떠난 커브가 순간적으로 위로 떠오르는 듯한 움직임을 보이는 건 맞다.

그러나 그건 커브를 고도로 숙달하지 못한 투수의 이야기.

그가 알고 있는 몇몇 커브 스페셜리스트들에게서 그런 움직임은 찾아볼 수 없는 특징에 불과했다.

물론 김신도 마찬가지였고.

그런데 김신의 커브가 그런 움직임을 보인다?

이는 실투임이 확실하다고.

그리 생각한 미겔 카브레라는 히팅 포인트를 스트라이크

존 아래쪽에 잡고 방망이를 휘둘렀다.

톱 스핀을 많이 머금은 공은 당연히 더 떨어질 테니까.

하지만.

부우웅―!

"스트라이크!"

그의 생각보다 훨씬 위로. 그의 방망이를 비웃으면서.

김신의 커브가 스트라이크존 한복판에 틀어박혔다.

"……?"

순간 영문을 모르겠다는 듯 멍청하게 러셀 마틴의 미트를
바라보는 미겔 카브레라.

그러나 그러고 있을 시간이 없었다.

[김신 선수 곧바로 제2구!]

김신의 투구가 곧장 몰아쳤으니까.

또다시 둥실 떠오르는 듯한 움직임과 함께, 김신의 커브가
날아들었다.

연속된 실투일 리 없다고 생각한 미겔 카브레라는 초구와
같은 궤적으로 스윙을 가져갔지만.

부우웅―!

"스트라이크!"

결과는 같았다.

이번에는 미겔 카브레라의 최초 예상과 같이 김신의 커브
가 지면에 닿을 듯이 떨어져 내렸다.

"……."

[0-2! 순식간에 커브 두 개로 투 스트라이크를 잡는 김신 선수! 미겔 카브레라, 이대로 물러나나요?]

[미겔 카브레라 선수답지 않네요. 너무 급해요. 벤치 클리어링의 잔상이 아직 남아 있나요?]

그제야 미겔 카브레라는 김신이 일부러 디셉션을 다르게 해 커브라는 걸 보여 줬음을 알게 됐지만.

이미 때는 늦어 있었다.

'당했군.'

투 스트라이크에선 공이 존 근처에만 와도 휘두르는 수밖에 없었으니까.

"고민이 많으시겠어."

알고도 못 치는 김신의 커브가 춤을 췄다.

마치 너클볼처럼.

뻐엉-!

커브는 변화구 중에서도 아주 특이한 놈이다.

변화구 중 유일한 톱 스핀 성향을 가지고 있어 손에서 튀어나오는 순간 살짝 떠오르는 특유의 움직임을 가진다.

손목 관절의 힘을 아예 이용하지 않거나 일부만 사용하기 때문에 투구 폼을 다른 구종과 흡사하게 유지하기가 힘들다.

이 말은 즉 피칭 시 구질을 읽힐 가능성이 크다는 소리고.

여기에 패스트볼이나 슬라이더 등보다 느린 구속을 가졌다는 점이 합쳐지면, 커브는 구질을 읽히기 쉬운 것에 더불어 타자가 대비할 시간까지 충분한 변화구라는 결론이 나온다.

따라서 커브 피처는 필연적으로 제구에 큰 방점을 찍을 수밖에 없다.

최소한 두 가지.

존에 꽂히는 커브와 존에서 벗어나 한참은 떨어지는 커브.

두 가지는 던질 수 있어야 타자가 커브임을 눈치채더라도 이게 존으로 꽂히는 커브인지, 유인구로서 땅바닥으로 향하는 커브인지 헷갈리게 만들 수 있다.

여기까지 커브를 연마했다면 이제 커브의 장점이 십분 발휘되는 순간이 온다.

종으로 가장 크게 떨어지는 변화구로써 히팅 포인트가 선이 아닌 점으로 형성되기 때문에.

완전히 궤적을 읽히는 경우가 아니라면 생각보다 장타가 많이 나오지 않는다는 장점이 첫 번째고.

좌우를 크게 타지 않는 변화구라 전천후 결정구로 사용할 수 있다는 장점이 두 번째다.

정리하자면.

커브는 구질을 읽히기 쉽고 제구를 일정 수준 이상으로 연마해야만 하는 단점이 있지만.

제대로 구사할 경우 좌우를 타지 않는 전천후에다 장타를 많이 맞지 않는 안전한 변화구라는 단점이 있는 구종이라는 거다.

그런데 커브의 종착지는 여기가 끝이 아니다.

첫 번째, 구질 노출은 투수의 연습과 노력으로 충분히 커버할 수 있다.

디셉션이라 부르는 숨김 동작을 연마하고, 투구 폼을 다른 구종과 맞게 끊임없이 조정해 나가다 보면 구질도 들키지 않을 수 있고, 투구 폼으로도 간파하기 어려워진다.

두 번째, 커브의 각도 조절은 고작 두 가지만 가능한 게 아니다.

스트라이크존 안과 밖 두 가지 조절만으로도 사용할 수 있긴 하지만, 그게 세밀한 각도 조절로 5~6개 이상의 탄착군을 만들어 내지 못한다는 소리는 아니지 않겠는가.

즉, 연마해 갈수록 각도 조절이 세밀해질수록 커브는 점점 더 강력해져서.

구질 노출은 다른 구종과 별 차이가 없는 데 반해 한 개의 구종으로 다섯, 여섯 개의 변화구를 가진 효과를 낼 수 있다는 결론이 나온다.

마치 너클볼처럼.

뻐엉-!

"스트라이크아웃!"

[삼진입니다! 커브에 꼼짝하지 못하는 미겔 카브레라! 김신, 1회를 3삼진으로 제압하는 강력한 모습을 보입니다! 그것도 커브만으로요!]

[마지막 커브는 실투 같았는데요. 오히려 거의 꺾이지 않아서 미겔 카브레라 선수가 생각을 못한 것 같습니다.]

[하하, 실투도 도움이 되는 그런 날이 있죠.]

[그렇긴 합니다만…… 김신 선수한테 행운까지 따르면 타자들은 어떻게 해야 하나요?]

해설진의 착각과 달리, 김신의 커브는 그런 단계에 도달해 있었다.

너클볼처럼 알아도 칠 수 없는 데다.

히팅 포인트가 점으로 형성되기 때문에 장타를 억제하며.

좌우를 타지 않는 전천후 변화구.

그것이 바로 김신의 커브였다.

'뭐, 아직 부족하긴 해.'

그러나 그럼 김신의 커브가 완벽한 커브냐 하면 그건 또 절대 아니었다.

지금으로도 미겔 카브레라급 타자가 아니라면 차이를 눈치채지 못하며, 그 정도 타자도 한두 타석은 반드시 당하게 되는 강력한 커브지만.

'프로페서 덕에 체인지업을 장착하지 않았다면 커브에 매달렸겠지.'

물론 훨씬 덜하긴 해도, 마치 너클볼러에게 전담 포수가 필요한 것처럼.

수비적으로 어느 정도 완성돼 있는 러셀 마틴이 아닌, 그냥 커브도 간신히 잡는 수준의 게리 산체스 같은 포수와 배터리를 이룰 땐 사용할 수 없었고.

미겔 카브레라에겐 쏠쏠히 써먹었지만, 세밀한 각도 조절을 위해선 구질이 노출되는 단점이 있었다.

첫 번째 단점은 스스로 고칠 수 없는 것이고.

두 번째 단점은 고치려면 투구 폼 자체를 뜯어고치는 대공사가 필요한 상황.

그러나 김신은 오히려 그래서 좋았다.

'나는 아직 더 할 수 있다.'

정점에 올랐음에도, 자신에게 아직 발전할 여지가 남았다는 것에 기뻐하는.

성장에 굶주린 야수 같은 남자가.

'빨리 수비력 좀 끌어 올리자. 잘못하면 아웃이다?'

더그아웃에 앉아 뚱하니 그라운드를 바라보는 부족한 포수를 직시하며 걸어갔다.

그 등 뒤로.

[피처, 저스틴─! 벌랜더─!]

그 남자에게 대항하는 전 시대의 지배자가 걸어 나왔다.

⬤

[안녕하십니까, 시청자 여러분! 여기는 아메리칸 리그 챔피업십 시리

즈가 열리는 양키 스타디움입니다! 이제 곧 1회 말, 홈팀 뉴욕 양키스의 공격이 시작되겠습니다. 지난 1회 초에는 김신 선수가 참 또 다른 모습을 보여 줬죠? 그 커브 위주의 피칭에 타이거스 타자들이 맥을 못 추면서 3삼진으로 허무하게 물러났습니다.]

[그렇습니다. 김신 선수로선 참 영리한 피칭을 했습니다. '플래툰을 돌려? 그럼 난 피칭 레퍼토리를 바꾸겠다.' 뭐, 이런 거죠. 거기에 타이거스 타자들이 말린 것 같습니다.]

[그렇죠. 마지막엔 운까지 따랐고요.]

[맞습니다. 다만 지금 등장하는 이 선수 덕에, 아직 디트로이트 타이거스에겐 기회가 남았을 겁니다.]

[그것도 맞는 말입니다. 저스틴ㅡ! 벌랜더ㅡ! 지난 시즌 사이 영과 MVP를 동시에 석권한 괴수가 마운드에 오릅니다!]

저스틴 벌랜더.

2006년 신인왕을 시작으로, 매 시즌 200이닝 이상을 소화하며 철강왕의 칭호를 얻었고.

바로 작년인 2011년 다승, 평균자책점, 탈삼진, 퀄리티스타트, 피안타율, WHIP 모든 분야에서 1위를 석권하며 트리플크라운은 물론 사이 영과 MVP를 동시에 수상한 괴물.

그러나 이번 시즌에도 17승 8패, ERA 2.64, 238.1이닝, 239K라는 무시무시한 성적을 기록한 그 남자는.

팀 타선을 이끄는 미겔 카브레라와 함께 도전자라 불리며 마운드에 서 있었다.

이미 리그를 지배하고 있다 평가받는 그를 도전자로 만든 건 두말할 것 없이 그가 2011년 기록했던 모든 성적을 그대로 가져간 미친놈.

'김신.'

시즌 중 맞대결에서 이미 패배를 안긴 바 있는 핀스트라이프였다.

불가해를 이해하고자 했던 마음?

그의 모습을 두 눈으로 확인하고자 했던 마음?

그런 건 이미 없었다.

김신은 김신이고, 저스틴 벌랜더는 저스틴 벌랜더다.

김신이 상대해야 할 타선은 미겔 카브레라가 돌아온 디트로이트 타이거스고.

저스틴 벌랜더가 상대해야 할 방망이는 시즌 최다 승을 거둔 뉴욕 양키스였다.

그리고 그 부분에서, 저스틴 벌랜더는 자신이 도전자라고 생각하지 않았다.

뉴욕 양키스가 시즌 최다 승을 거뒀다?

수백 점이 넘는 점수를 올렸다?

그게 어쨌단 말인가.

'내가 준 점수는 아직 1점뿐.'

그중 저스틴 벌랜더가 준 점수는 고작 하나.

이번에는 그조차 주지 않으리라 결의한 남자가 글러브를

들어 올렸다.

[저스틴 벌랜더. 데릭 지터를 상대합니다. 투수 와인드업!]

피칭 레퍼토리의 변화를 준 김신과 같이 커브 위주의 투구를 한다?

물론 가능했다.

수준급의 커브는 그에게도 있었다.

하지만 저스틴 벌랜더는 다른 선택을 했다.

그럴 이유가 없다고 생각했으니까.

적을 상대하는 방법엔 변칙도 있겠지만, 강공(強攻)도 있는 것 아닌가.

아니, 오히려 단점을 커버하기 위한 변화보다 장점을 극대화하는 심화(深化)가 더 투자할 가치가 있지 않은가.

그가 선택한 건.

자신이 가장 잘하고, 가장 자신 있으며, 가장 좋은 결과를 가져다준 피칭.

뻐엉—!

"스트—라이크!"

101마일의 속구가 만 38세 타자, 데릭 지터의 움직임을 허용치 않았다.

'빌어먹을.'

내심 속구보다 변화구를 던져 주길 바랐던 데릭 지터가 속으로 욕설을 내뱉었다.

육체적 능력이 떨어진 그에게 가장 효과적인 공, 속구.

예전에는 가장 쉽게 쳐 냈던 그 공이 야속했다.

하지만 그렇다고 손 놓고 있을 수는 없는 법.

만 38세임에도 3할에 20홈런을 때려 낸 현역 올스타가 방망이를 흔들며 억지로 육체를 끌어 올렸다.

따악-!

하지만 부족했다.

배트에 실리는 힘과 공에 실리는 힘의 무게가 달랐다.

[1루 쪽! 파울입니다. 0-2!]

[이건 완전히 힘에서 밀린 거예요. 저스틴 벌랜더 선수, 역시 절치부심했나요? 오늘 공이 평소보다 두어 단계는 더 힘 있게 뽑습니다.]

보지도 않고 파울인 걸 확신한 저스틴 벌랜더가 곧바로 다시 다리를 움직이고.

존을 향해 꿈틀거리며 다가오는 그 공에 데릭 지터의 방망이가 마중 나갔다.

부우웅-!

너무 빨리.

"스트라이크아웃!"

체인지업.

속구의 탈을 쓴 느린 공에 데릭 지터가 고개를 떨궜다.

[삼진! 삼구 삼진으로 데릭 지터를 돌려세우는 저스틴 벌랜더! 여기도 만만치 않습니다!]

경기가 계속됐다.

뻐엉-!

"스트라이크!"

양 팀이 사이좋게 3삼진씩 기록하며 종료된 1회.

데릭 지터와 미겔 카브레라가 같은 판단을 내렸다.

"오늘도 역시나 저 자식이 심상치 않다. 한 점 승부가 될 거야. 최대한 물고 늘어져! 한순간이야, 한순간."

"오늘 JV 놈의 컨디션이 범상치 않다. 최대한 방망이를 아끼고 공을 봐라. 먼저 힘을 빼야 해!"

과정은 달랐으되 결과는 똑같이 투수에게 최대한의 투구 수를 강요하고 기회를 보자는 판단.

하지만 양 팀의 선발 투수는 그 판단에 어울려 주지 않았다.

부우웅-!

"스트라이크아웃!"

[스윙 앤 어 미스! 헛스윙 삼진으로 물러나는 프린스 필더! 과연 김신 선수의 슬라이더는 좌타자에겐 언터처블입니다.]

4번 타자 프린스 필더는 좌타자를 상대로 김신의 슬라이더가 왜 재앙이라고까지 불리는지 격렬히 체감하며 물러나

야 했고.

따악-!

[먹힌 타구! 유격수 데릭 지터가 가볍게 처리하면서 투아웃!]

[커브만 생각하면 안 되죠. 김신 선수의 주 무기는 어디까지나 이 포심이거든요.]

커브의 기반 위에 쏟아지는 포심과 체인지업에 후속 타자들은 숨을 쉬지 못했다.

뻐엉-!

"스트라이크아웃!"

[삼진! 체인지업으로 추신서를 돌려세우는 저스틴 벌랜더!]

쉬지 않고 미트를 폭격하는 100마일의 포심과 간간이 튀어나와 타이밍을 농락하는 체인지업에 선구안 좋은 추신서 또한 무릎을 꿇었고.

따악-!

[높이 뜹니다! 하지만 내야를 벗어나지 못하는 타구. 3루수 미겔 카브레라가 처리합니다.]

근래의 부진으로 4번 타자 자리를 추신서에게 넘기고 5번으로 내려앉은 커티스 그랜더슨은 왜 자신이 4번 타자 자리를 빼앗겼는지 만천하에 공개했다.

"저……!"

"응? 왜 그럽니까, 닥터 아르민?"

"아, 아니에요. 그냥 햇빛이 좀 눈이 부셔서……."

"지금 밤인데요?"

"아뇨, 아뇨. 조명요, 조명! 조명이 눈이 부셔서 그랬어요."

"그렇군요. 그나저나 역시 명불허전이네요. 참 잘 던져요, 저 저스틴 벌랜더라는 저 투수."

"아…… 네. 그렇죠. 지난 시즌 사이 영 위너니까요."

끓어오르는 혈압을 간신히 내리누르는 캐서린의 고난과 함께.

뻐엉-!

2회, 그리고 3회가 있었는지도 모르게 종료됐다.

이어진 4회 초.

[4회 초, 디트로이트 타이거스의 공격입니다. 벌써 시간이 이렇게 됐나요?]

마운드의 김신이 다시 공을 잡았다.

[나우 배팅, 넘버 24! 미겔 카브레라-!]

'이번엔 어떻게 요리해 줄까?'

김신

4회 초, 디트로이트 타이거스의 공격.

따악-!

[좌중간 빗맞은 타구! 멀리 뻗지 못합니다! 기다리는 브렛 가드너.
브렛 가드너…… 잡아냅니다! 투아웃! 오늘 이닝이 순식간에 지나가는
데요?]

[압도적인 투수전이 항상 그렇죠. 그만큼 양 팀 타자들이 양 팀 투수
들의 공을 공략하지 못하고 있다는 소립니다.]

오마르 인판테의 타구가 뉴욕 양키스 좌측 외야를 책임지
는 브렛 가드너의 글러브 속으로 사라지는 순간.

경기를 지켜보던 미래의 메이저리그 커미셔너, 롭 만프레
드의 시선이 손목으로 향했다.

"40분이 채 안 되는군요."

이닝 사이사이에 존재하는 약 3분의 준비 시간이 아니었다면, 포스트 시즌을 맞아 1분 가까이 더 주어진 그 시간이 아니었다면 1이닝당 3분도 채 걸리지 않는 스피디한 경기.

롭 만프레드가 시계를 두드리며 같이 경기를 관람하던 완고한 남자에게 어필했다.

"이렇게 빨리 진행되면 좋지 않겠습니까?"

그 질문에 현재의 메이저리그 커미셔너, 버드 셀릭이 답했다.

"좋지. 근데 이런 투수전이 흔한 건 아니잖나."

주제가 무엇인지 아는데도 명백히 회피하는 그 답변에 슬쩍 미간을 모은 롭 만프레드가 재차 입을 열었다.

"그런 말이 아닌 거 아시잖습니까. 시스템은 됐고 뭐에 쓰시려고 하십니까? 흔하지 않으면 흔하게 만들면 되죠."

줄어드는 메이저리그 관중 수에 가장 큰 이바지를 하고 있는 길고 긴 경기 시간을 꼬집는 이야기.

머지않은 미래 커미셔너가 된 롭 만프레드가 임기를 걸고 이루고자 했던 메이저리그의 발전 방향이었다.

하지만 현재의 권력자, 버드 셀릭의 반응은 영 시큰둥했다.

"피치 클락(Pitch Clock)? 전에 그거 말인가? 내 말했잖아. 선수 노조가 절대 허락하지 않을 거라고. 그리고……."

그러고서 머리를 톡톡 두드린 버드 셀릭이 말을 이었다.

톡톡-!

"그리고 야구가 다른 근본 없는 공놀이하고 다른 게 뭐야? 야구는 바로 이 머리로 하는 스포츠란 말이야. 투수와 타자의 수 싸움, 감독과 감독의 수 싸움, 포수와 투수의 호흡. 이런 걸 10초 남짓한 시간에 강제하면 되겠어? 그럼 그게 야구야?"

틀린 말은 아니었다.

피치 클락.

KBO에서는 이미 도입해 흔히 12초 룰이라고 불리는 그 규정을 도입하면 경기 시간은 빨라져도 수 싸움의 치열함이 격하되는 건 맞았다.

그러나 롭 만프레드는 반드시 늘어지는 경기 시간에 대한 칼질이 필요하다고 생각했다.

이제는 현역에서 슬슬 물러난 올드 팬들만이 아닌 새로 유입되는 파릇파릇한 팬들을 유치하기 위해서는.

다만 그러기 위한 길은 결코 하나만이 아니었다.

현명한 협성가의 설검(舌劍)이 메이저리그 커미셔너 집무실을 몰아쳤다.

"그건 그렇다 쳐도 3분 가까이나 되는 저 경기 준비 시간은 건드릴 만하지 않겠습니까? 솔직히 2분이면 차고 넘칩니다. 그 이상 쓰면 수 싸움이 안 되는 거죠."

"……."

"아닙니까? 그럼 고의 사구는 어떻습니까? 이건 수 싸움이고 뭐고 없지 않습니까. 그냥 시간만 늘어나고 투수의 팔만 소모될 뿐입니다. 팬과 선수 양쪽에 다 좋지 않아요."

"끄응."

"보스가 좋아하는 김신 선수도 아마 환영할 겁니다. 고의 사구라도 추진하시죠."

큰 것을 먼저 던지고 대신 정말 원하던 작은 것을 챙기는 협상의 기술이 결국 버드 셀릭의 입에서 항복의 말을 얻어냈다.

"알았네, 알았어. 다른 건 몰라도 고의 사구, 그건 추진해 보자고."

"현명한 판단이십니다. 이왕 하는 김에 포수의 마운드 방문 횟수도 제한하는 건……."

"거기까지. 경기 좀 보자고. 지금 얼마나 중요한 순간인지 모르나?"

"……알겠습니다."

조금 더 얻어 낼 기회를 놓치고 입맛을 다시는 롭 만프레드와 복잡한 생각 대신 김신에게 집중하는 버드 셀릭의 시선이 다시금 TV로 향했다.

[나우 배팅, 넘버 24! 미겔 카브레라!]

홈 플레이트를 두드리고, 바지를 끌어올리고, 다시 홈플레이트를 두 번 두드리는.

자신의 루틴을 행하며 미겔 카브레라는 생각했다.

'심리전에 능한 놈이야.'

지난 타석, 실투라고 생각했던 공은 실투가 아니었다.

저놈이 어디 세 번이나 연속적으로 실투를 던질 놈인가 말이다.

아니, 어쩌면 초구는 실투였을지 모른다.

동료들 얘기로는 자신한테만 구종을 노출했었으니까.

근데 그러면 김신은 실투까지 수 싸움에 끌어들이는 미친 놈이라는 소리밖에 되지 않는다.

거기에 지난 대결에서 당했던 와인드업 도발은 어떤가.

으득─!

피치아웃에 그대로 걸려 주루사를 당했던 기억을 떠올린 미겔 카브레라가 이를 악물었다.

그리고 이번 시즌 그 누구에게도 패배하지 않았던 타자가, 인정했다.

'지금 수 싸움을 걸어선 안 돼.'

김신에게 지금 수 싸움을 걸었다가는 백전백패라는 것을.

그러나 굳이 수 싸움을 걸지 않아도, 미겔 카브레라에게는 승리할 수 있는 방안이 있었다.

'내 스윙을 한다.'

게스 히팅은 머릿속에서 지워 버리고, 일단 존에 들어오는 공에 자신의 스윙을 가져가는 것.

동료들에게 말했던 것처럼 최대한 물고 늘어져서 어떻게든 놈의 밑천을 뜯어내는 것.

그리하여 일단 한번 승리하고 나서야, 다시 수 싸움을 걸수 있으리라.

그리 생각한 미겔 카브레라가 타석에 몸을 웅크렸다.

[김신 선수, 와인드업!]

그래서 바깥쪽으로 살짝 벗어나는 속구에 방망이를 내지 않았다.

하지만.

뻐엉-!

"스트라이크!"

김신의 초구는 속구가 아니라, 방망이를 휘둘렀다면 충분히 장타를 뽑아 낼 수 있는 구종.

백도어 슬라이더였다.

'이런 젠장!'

콧김을 씩씩 뿜으며 잠시 타석에서 물러나는 미겔 카브레라의 모습에 김신이 만족감을 표했다.

'훤히 보이는구먼, 훤히 보여.'

2회 초부터 타자들이 스윙을 아낀다는 건 이미 간파하고 있었다.

한둘이 아니고 대부분이 그렇다면 팀 전체적인 이야기가 오갔다는 소리.

참고 참아 가장 결정적인 순간에 그 빈틈을 찌른 심리학 교수가 머리를 싸매고 있는 학생에게 다음 시험 문제를 출제했다.

그 문제는 지금까지 자주 출제됐던 유형과 아주 달랐다.

쐐액-!

똑같이 바깥쪽으로 다가오는 그 공을 미겔 카브레라는 포심이라 생각하고 방망이를 휘둘렀지만.

그는 토니 그윈이 아니었다.

부우웅-!

"스트라이크!"

[스윙 앤 어 미스! 체인지업에 미겔 카브레라 선수의 방망이가 딸려 나옵니다. 0-2! 이번에도 초반부터 불리한 카운트!]

[미겔 카브레라 선수, 오늘 김신 선수에게 완전히 농락당하고 있네요. 좋지 않은데요.]

눈 깜빡할 사이에 지난 대결과 같아진 결과.

미겔 카브레라는 다시 한번 심기일전하여 이후 이어지는 두 번의 바깥쪽 포심을 걷어 내고, 참아 냈으나.

뻐엉-!

"스트라이크아웃!"

단 한 번의 안쪽 승부에 무너지고 말았다.

[삼진! 결정구는 포심이었습니다! 두 번째 대결도 미겔 카브레라 선수의 완패로 끝이 납니다!]

분을 못 이겨 씩씩대며 더그아웃으로 들어가는 미겔 카브레라의 뒷모습을 일별하고 반대편으로 향하며.

'이제 다시 레퍼토리 좀 바꿔 볼까?'

커브를 생각하고 들어올 디트로이트 타이거즈 타자들에겐 학을 뗄 소리를 김신이 태연하게 뇌까렸다.

그가 레퍼토리를 달리했던 건 플래툰이 무서워서가 아니라 더 쉬운 길이 있는데 굳이 적의 장단에 맞춰 줄 필요가 없어서였으니까.

원래대로, 편히 던지지 않을 이유가 하나도 없었으니까.

[저희는 다시 4회 말 뉴욕 양키스의 공격으로 찾아뵙겠습니다.]

그리고 이미 그렇게 던지고 있던 투수가 다시 올라와 동료들의 패배를 설욕했다.

뻐엉—!

[100마일! 여전히 불타오릅니다. 저스틴 벌랜더!]

6회 말.

타선이 두 바퀴가 돌았음에도 전광판에는 여전히 0만이 가득했다.

점수뿐 아니라, 다른 모든 영역에서.

"뭐야 이거…… 무서워."

"둘 다 살벌하네, 살벌해. 목숨 걸고 던지는 거 같아."

열띤 응원을 펼치면서도, 팬들의 내심 한편에 으슬으슬 한기가 도는 상황.

마찬가지 기분을 느끼는 해설진이 목소리를 높였다.

[입을 다물 수가 없네요! 6회입니다, 6회! 6회인데 양 팀 투수들이 모두 '그걸' 하고 있어요!]

[……오늘 경기장을 찾아 주신 관중 여러분은 아마 오늘 경기를 직관한 걸 오래도록 자랑하실 수 있을 것 같습니다. 가히 현시대 최고의 투수들이 최고의 투수전을 펼치고 있습니다.]

그러나 그들에게 한기를 선물하고 있는 두 남자 중 하나는 열기에 휩싸여 홈플레이트 외에 아무것도 보지 못하는 상태였다.

[나우 배팅, 넘버 25. 마크- 테세이라!]

상대가 누구인지도 보이지 않았다.

언제부터인가 기계적으로 사인을 보고, 미트만을 바라보며 공을 던졌다.

마치 웅장한 클래식을 듣는 것처럼, 그의 귀에 두 가지 소리가 번갈아 울렸다.

뻐엉-!

"스트라이크!"

미트에 공이 틀어박히는 굉음.

따악-!

[3루 쪽- 벗어납니다! 파울!]

나무와 둥근 공이 빗겨 만나 만들어 내는 둔탁한 소리.

물론 무의식 한편엔 지금 얼마나 대단한 피칭을 보이고 있는지 정확히 인지하고 있는 또 다른 그가 있었다.

하지만 저스틴 벌랜더는 그게 의식의 수면 위로 나올 수 없게 자신을 몰아붙였다.

지금의 상태를 깨고 싶지 않았으니까.

검은 줄무늬가 하나.

뻐엉-!

"스트라이크아웃!"

[루킹 삼진! 마크 테세이라, 부진에서 영 벗어나지 못하고 있습니다.]

[에…… 오늘은 부진해서 그렇다고 할 수 없지 않을까요?]

[어…… 그렇긴 그렇죠? 하하, 정정하겠습니다. 저스틴 벌랜더, 압도적인 모습입니다!]

검은 줄무늬가 둘.

따악-!

[러셀 마틴, 초구 타격! 유격수 조니 페랄타가 잡습니다. 1루로 송구! 아웃입니다. 투아웃!]

검은 줄무늬가 셋…….

따악—!

[다시 유격수 정면! 조니 페랄타 1루로…… 어엇! 세이프입니다! 조니 페랄타! 공을 한 번에 빼내지 못했습니다! 더듬었어요!]

[이건 크죠. 물론 스즈키 이치로 선수의 발이 빠르기도 했습니다만, 잡아 줬어야 하는 타구였습니다. 이건 그냥 실책 하나가 아니라, 저스틴 벌랜더 선수의 멘탈을 박살 낼 수도 있는 실책입니다. 그냥 평범한 경기에서도 멘탈이 흔들릴 만한 상황인데, 지금은…….]

응? 왜 안 일어나지?

아…… 이번엔 하나 더 있나.

뭐, 상관없지.

[하지만 저스틴 벌랜더 선수, 전혀 흔들리지 않는 듯 보입니다! 타석에는 데릭 지터. 투수 와인드업!]

검은 줄무늬가 넷.

부우웅—!

"스트라이크아웃!"

[스윙 앤 어 미스! 결국 삼진으로 직접 6회 말을 마무리하는 저스틴 벌랜더! 뉴욕 양키스가 행운의 출루를 살리지 못했습니다!]

[일단 저스틴 벌랜더 선수의 '그건' 깨졌지만, 정말 훌륭한 피칭을 했습니다. 충분히 흔들릴 만한 상황이었음에도 전혀 흔들리지 않은 채 침착하게 마무리했어요. 과연 지난 시즌 트리플 크라운과 사이 영의 주인답습니다.]

무아지경에 이르러 한계 그 이상의 투구를 펼치는 투수가 내려가고.

저벅– 저벅–!

반대로 현 상태를 온전히 인지하고 있으면서도 한계라는 문을 두드리는 투수가 올라왔다.

뻐엉–!

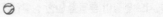

6회 말.

디트로이트 타이거스의 유격수, 조니 페랄타의 실책에 이은 스즈키 이치로의 출루 때 저스틴 벌랜더가 보인 의연한 모습은 김신조차 놀라게 하기에 충분했다.

이미 퍼펙트를 이뤄 봤고, 지금도 퍼펙트를 기록하고 있는 그였기 때문에 누구보다 더.

'전혀…… 흔들리지 않았어.'

저스틴 벌랜더의 내부를 들여다볼 순 없었지만, 어찌 됐든 그가 전혀 흔들리지 않았다는 건 그다음 삼진을 잡은 구위로 충분히 알 수 있는 사실.

그건 김신조차 할 수 없는 일이었다.

아무리 그여도 조금의 흔들림도 없이 즉각 다음 투구를 이어 갈 수 있으리라 확신할 수 없었다.

그래서 안타까웠다.

'저런 남자가 휴스턴엔 왜 가서…….'

지금은 디트로이트 타이거스에서 절대 놔주지 않을 것 같은 부동의 에이스지만, 2014년과 2015년 부진에 이은 2017년.

마이너 유망주 세 명과의 충격적인 트레이드로 저스틴 벌랜더는 휴스턴 애스트로스로 이적한다.

그리고 그곳에서 슈퍼 하이 스피드 카메라라는 정밀 초고속 카메라로 자신의 문제점을 파악한 뒤 슬라이더를 중심으로 반등하여 제2의 전성기를 열지만.

그것은 모두 야구 자체를 모욕하는 부적절한 행위 위에 쌓인 허상.

2017년의 휴스턴 애스트로스는 절대로 해서는 안 될 사인 훔치기라는 메이저리그 최대의 비리 중 하나를 저지른 구단이었다.

물론 벌랜더도 그것을 알고 있었지만…… 그는 침묵했으며, 방조하고, 심지어 옹호하기까지 했다.

고등학교 때부터 10년이 넘게 사귄 여자 친구와 헤어지고 유명 모델과 결혼한 것이 문제이든.

아니면 휴스턴 애스트로스라는 구단 자체가 문제이든.

저스틴 벌랜더는 그렇게…… 변한다.

아니, 변하지 않은 것일지도 모른다.

그저 내재돼 있던 무언가가 표출된 것일지도.

김신은 당연히 그런 저스틴 벌랜더를 좋아하지 않았다.

아니, 정확하게는 싫어했다, 그것도 아주 많이.

로저 클레멘스가 그렉 매덕스나 랜디 존슨과 비교되는 것 자체를 혐오하는 것과 동일하게.

곧 마이너에서 올라와 그의 뒤를 든든히 받쳐 줄 제이콥 디그롬이나 이미 준수한 활약을 펼치고 있는 코리 클루버, 반대편 내셔널리그를 지배하고 있는 클레이튼 커쇼 등과 저스틴 벌랜더가 동일 선상에서 비교되는 것 자체를 거부했었다.

그러나 오늘 김신과 번갈아 마운드를 소유하는 남자는 그렇지 않았다.

야구를 대하는 그의 자세가, 숭고함마저 느껴질 법한 기세가 김신에게도 절절히 전달되었다.

그래서 김신은 그가 휴스턴에 가지 않기를 바랐다.

'미래는 변할 수도 있으니까.'

그래서 김신은 언젠가 그가 킹 펠릭스나 스트라스버그를 상대로 보여 줬던 것과 같은 것을 저스틴 벌랜더에게 선사하기로 했다.

적어도 오늘 경기는, 지금의 벌랜더는.

그의 존중을 받을 자격이 충분했다.

7회 초.

상대의 호투로 한층 더 경기에 몰입하게 된 남자가 흰색 공을 들어올렸다.

오늘 그 누구에게도 1루 베이스를 허락하지 않은 지금 이곳의 주인공이.

[김신 선수, 다시 1번 타자 오스틴 잭슨 선수를 상대합니다. 벌써 세 번째 타순이네요.]

저스틴 벌랜더에게 보내는 존중만큼이나 더 무자비해진 속구가.

미트를 꿰뚫었다.

뻐엉-!

포스트 시즌에 약한 팀은 없다.

어떤 팀이건 일단 가을에 야구를 할 수 있다 함은 치열한 페넌트레이스를 뚫고 올라왔다는 의미니까.

와일드 카드, 디비전 시리즈, 챔피언십 시리즈, 월드 시리즈.

단계를 올라가면 갈수록 상대는 더욱 강해진다.

당연히, 2012시즌 아메리칸 리그 챔피언십 시리즈 참가자인 디트로이트 타이거스는 강했다.

원래는 뉴욕 양키스를 4 : 0으로 셧 아웃시키고 월드 시리즈에 진출했을 팀이니, 절대로 약할 수가 없었다.

그중에서도 팀의 공격을 이끈다는 막중한 임무를 받았음

에도 제 역할을 충실히 해 낸 1번과 2번.

테이블세터진은 그 자리에 부족함이 없는 선수들이었다.

그러나.

뻐엉-!

뉴욕 양키스의 마운드를 책임지는 남자가 그들보다 더욱 강했다.

[굿바이, 인판테! 삼진입니다!]

1번 타자 오스틴 잭슨, 삼진-삼진-유격수 땅볼.

2번 타자 오마르 인판테, 삼진-좌익수 플라이-삼진.

열 번 중 세 번만 이겨도 이기는 것이 타자지만.

오늘 그들은 세 번 중 세 번을 모두 패했다.

그리고 다시, 디트로이트 타이거스 타선의 핵이 타석에 섰다.

[미겔 카브레라 선수, 세 번째 타석에 임합니다.]

이번엔 다른 모습을 보여 주고자.

하지만 다른 모습을 보여 주고자 하는 사람은 그뿐만이 아니었다.

[아, 우완입니다. 이번엔 우완으로 미겔 카브레라 선수를 상대하는 김신 선수!]

그 남자가, 오른손을 거세게 휘둘렀다.

[투수 와인드업!]

그 손에서 튀어나온 건 오늘 첫 대결에서 진저리쳐지게 경험했던 구종.

단, 하늘에서 땅이 아니라 땅에서 하늘로 정반대의 움직임을 보이는 공.

뻐엉-!

언더핸드 투수의 커브, 업 숏이었다.

"스트라이크!"

수많은 얼굴을 가진 투수의 손에서 물 찬 제비처럼 솟아오르는 업 숏에.

미겔 카브레라가 또다시 흠뻑 젖었다.

빠각-!

그의 방망이가 부러지는 소리와 함께.

[7회 초에도, 아무도 1루를 밟지 못합니다!]

김신의 '그것'이 계속됐다.

그리고 저스틴 벌랜더의 호투 역시.

뻐엉-!

[스윙 스트라이크아웃!]

계속됐다.

이변이 생긴 것은 바로 다음이었다.

8회 초.

건강에 이상이 없나 하는 걱정을 받을 법한 두툼한 뱃살을 자랑하며 선두 타자로 나선 프린스 필더가.

김신의 4구째 포심을 받아 쳤다.

따악—!

[좌중간! 큽니다!]

그 공은, 발 빠른 브렛 가드너가 이를 악물고 뛰었음에도 잡을 수 없는 위치에 떨어졌다.

콰아앙—!

[펜스를 강타하는 타구! 브렛 가드너, 공 잡아서 2루로! 하지만 이미 어림없는 타이밍입니다! 세이프! 프린스 필더, 팀의 최초 출루를 2루타로 기록합니다! 양 투수의 퍼펙트가 모두 깨졌습니다!]

[퍼펙트가 깨진 것뿐만 아니라 경기까지 내줄 뻔했어요. 조금만 더 뻗었으면 담장을 넘어갔을 겁니다.]

[그렇습니다. 거기다 위기는 아직 끝나지 않았어요! 이번 경기 처음으로 득점권에 주자가 있는 상황에서, 아직 노아웃입니다! 다음 타자는 델몬 영!]

홈런이 되었다고 해도 전혀 이상할 게 없는 큼지막한 타구.

야수의 실책으로 깨진 저스틴 벌랜더의 퍼펙트와 달리 변명조차 할 수 없는 깔끔한 파국이었다.

하지만 김신은 흔들리지 않았다.

아니, 흔들렸지만 금세 회복했다.

저기 더그아웃에 앉아 있는 저스틴 벌랜더에게 부끄러운

모습을 보일 수는 없었으니까.

지금 저 수많은 관중 속에서 자신을 지켜보고 있을 캐서린과 아버지 앞에서 주저앉을 수는 없었으니까.

그건 죽기보다 싫은 일이었으니까.

'아직 0-0이야!'

홈런일 뻔한 거지, 홈런은 아니다.

2루에 주자가 있지만 홈에 들어온 것은 아니다.

경기는 아직 끝나지 않았다.

'할 수 있다, 할 수 있다, 할 수 있다.'

짧은 시간 동안 수도 없는 자기 암시가 행해지고.

"흐읍-!"

김신의 오른팔이 재차 땀방울을 뿌렸다.

뻐엉-!

[삼진! 흔들리지 않고 다시 삼진으로 잡아내는 김신 선수! 저스틴 벌랜더 선수도 그랬지만 오늘 양 팀 투수들에게 정말 박수를 보내고 싶습니다! 대단합니다!]

[제가 경기 초반에 그랬죠. 오늘 경기를 직관한 게 평생의 자랑이 될 거라고. 보십시오. 이 얼마나 가슴 뛰는 현장입니깨! 심지어 이 경기는 포스트 시즌! 챔피언십 시리즈 1차전입니다!]

짝-!

짝짝-!

짝짝짝짝짝-!

관중들의 기립 박수와 함께 8회 초가 종료됐다.

그리고 8회 말, 9회 초, 9회 말.

그 박수가, 끊이지 않고 이어졌다.

뻐엉-!

[아아, 삼진! 삼진입니다! 정규 이닝 마지막 타자를 기어코 삼진으로 잡아내는 저스틴 벌랜더! 이제 경기는 연장으로 갑니다! 점수는 아직도 0-0! 마운드에는 아직 1회에 등판했던 선발 투수들이 그대로 자리를 지키고 있습니다! 이런 경기가 있나요!]

[어떻게 마무리될지는 모르겠지만, 어떻게 마무리되든 전설로 남을 경기가 될 겁니다. 이런 경기를 중계할 수 있어 정말 무한한 영광입니다.]

[혹시 투수 교체가 있을까요? 이제 10회인데요.]

[아뇨. 그 어떤 감독이라도 절대로 못 빼죠. 두 선수도 절대 내려오지 않을 겁니다. 누군가가 실점할 때까지, 그래서 이 경기가 누군가의 승리로 끝나기 전까지는 절대로.]

[하지만 걱정이 됩니다. 김신 선수가 107구, 벌랜더 선수가 110구. 두 선수 모두 100구를 넘긴 지 오래입니다. 혹시라도 부상이 생기면 안 될 텐데요.]

[그건…… 신이 그렇게 두지 않겠죠. 그런 일이 일어나서는 안 됩니다.]

연장 10회 초.

이제는 의식하지 않아도 얌전히 두 손을 모은 캐서린 아르민의 눈앞에서.

그녀가 사랑하는 남자가 10인치의 흙더미 위로 올라왔다.

◉

짝짝짝짝짝─!

[연장전으로 접어든 경기. 10회 초, 오늘 10번째로 마운드에 오르는 김신 선수에게 관중들이 기립 박수를 보냅니다.]

[지금 시각이…… 오후 10시를 막 넘겼네요. 하지만 앉아 있는 관중이 거의 없습니다. 자리를 비운 관중은 더더욱 없고요.]

[야구팬인 이상 이런 경기를 어떻게 앉아서 보겠습니까. 당연하죠.]

지겹도록 봤음에도 여전히 고고한 흙더미 위에서.

김신이 뇌까렸다.

─하루 종일도 할 수 있어.

그 유명한 대사를 남긴 히어로처럼.

김신이 두 팔을 들어 글러브 속에 공을 숨겼다.

그리고 자신의 말을 지켰다.

뻐엉─!

[베이스 온 볼스! 이번 경기 첫 볼넷! 김신 선수가 미겔 카브레라 선수에게 볼넷을 허용합니다!]

[아무리 김신 선수라도 부담이 되지 않을 수 없죠. 체력적인 문제도

있을 거고요.]

물론 처음과 같을 순 없었다.

하지만 전광판의 점수를 바뀌지 않게 하는 정도는 충분했다.

따악-!

[3유간! 유격수 데릭 지터 커트! 2루에서 아웃! 1루에서…… 아웃입니다! 프린스 필더 선수의 병살타!]

[이게 이번 경기 첫 병살이라는 것도 참 아이러니하네요. 그 병살을 쳐서 중요한 기회를 날린 게 퍼펙트를 깨뜨렸던 프린스 필더 선수라는 것도요.]

그것은 저스틴 벌랜더 또한 마찬가지였다.

따악-!

[조시 도널드슨! 1, 2루간을 관통하는 타구! 정규 이닝이 끝나서야, 10회가 돼서야 양 팀 투수들이 조금씩 흔들립니다!]

흔들렸지만.

부우웅-!

[스윙 앤 어 미스! 매니 마차도 선수가 삼진으로 물러나면서 10회 말 양키스의 공격이 소득 없이 종료됩니다! 잔루는 1루와 3루! 아까운 기회를 놓치는 뉴욕 양키스!]

바로잡았다.

짝짝짝짝짝-!

어떤 유니폼을 입고 있는가는 상관없이 동일하게 모든 관중이 쏟아 내는 박수 소리가 이어졌다.

그리고 11회 말.

또다시 올라온 저스틴 벌랜더에게 쏟아지는 그 박수 소리를 배경으로, 한 남자가 등장했다.

[나우 배팅, 넘버 55!]

내년에는 같은 유니폼을 입을 수 없다는 게 확정적이어서.

그래서 너무나 승리가 간절한 한 남자가.

뉴욕 양키스의 2012시즌 주전 포수, 러셀 마틴.

그는 그라운드에 있는 다른 선수들처럼 가슴이 뜨겁게 끓어오르는 격류를 느끼고 있었지만.

그 안에 유일하게 안타까움을 겸비하고 있는 남자였다.

'아마 내년엔…… 여기 내 자리가 없겠지.'

그 이유는 러셀 마틴이 뉴욕 양키스의 포수이기 때문이었다.

게리 산체스라는 신성을 가진 뉴욕 양키스의 주전 포수였기에.

지금 이 그라운드에서 내년에 같은 유니폼을 입을 수 없다는 게 거의 확정적인 단 한 명의 선수.

그게 바로 러셀 마틴이었다.

"후……."

당장 오늘도 이런 경기가 아니었다면.

투수를 위해 모든 걸 배려해 줘야 하는 이런 경기가 아니었다면 애초에 교체되었을 것이다.

그의 방망이보다 게리 산체스의 방망이가 수배는 무거웠으니까.

물론 그렇다고 게리 산체스에게 알게 모르게 전수했던 노하우들이 아깝다는 건 아니었다.

젊고 잘하는 선수가 주전이 되는 게 당연하다는 것도 알았다.

백업 포수로 쓰기엔 뉴욕 양키스가 내년 FA로 풀리는 그의 몸값을 감당할 이유가 없다는 것도, 뉴욕 양키스가 아니라면 충분히 주전으로 뛸 수 있는 그가 다른 팀으로 가는 게 어쩔 수 없는 일이라는 것도 알았다.

하지만 안타까움을 숨길 수 없는 것도, 어쩔 수 없는 일이었다.

꾸우욱-!

그래서 러셀 마틴은 승리가 간절했다.

떠날 때 떠나더라도 우승 반지 하나라도 가져가야.

그래야 이곳에서의 기억이 아름다운 추억으로 남지 않겠는가.

[11회 말 원 아웃. 주자는 없습니다. 투수 저스틴 벌랜더! 러셀 마틴을 상대합니다. 이번 경기 네 번째 타석.]

아름다운 이별을 준비하는 남자의 눈앞으로 흰색 작별 인사가 날아들었다.

뻐엉-!

"스트라이크!"

[바깥쪽, 건드리지 못하면서 0-1. 96마일이 찍힙니다. 저스틴 벌랜더 선수도 힘이 많이 빠졌어요.]

[사람인 이상 당연하죠. 심지어 체력적으로 우위에 있는 김신 선수도 방금 전 100마일이 안 나오지 않았습니까? 아쉽지만 이제 슬슬 이 경기의 끝이 다가오는 것 같네요. 한두 이닝 안에 뭔가 터질 듯합니다.]

경기 초반에 비하면 확연히 줄어든 구속.

하지만 그 안에 담겨 있는 기세는 티끌만큼도 줄지 않은 상태로.

오늘 수없이 반복해서 관중들의 눈을 즐겁게 한 아름다운 투구 폼이 다시 한번 마운드에서 현현(顯現)했다.

[저스틴 벌랜더, 제2구!]

그 순간 러셀 마틴은 어떤 목소리를 들었다.

'휘둘러.'

누가 속삭이는지도 모를 목소리.

'오른쪽 아래. 아니, 거기 말고. 그래, 거기. 조금 천천히. 침착하게.'

러셀 마틴은 알 수 없는 예감으로 멍하니 그 목소리의 조언을 따랐다.

그리고.

따아아아악-!

[쳤습니다! 우측 큽니다! 우측 담장, 우측 담장, 우측 담장……! 넘어갑니다! 러셀 마틴! 러셀 마틴의 솔로 포가 이 경기를 마무리 짓습니다! 1-0! 연장 11회 말에 처음으로 전광판의 숫자가 바뀌고, 동시에 경기가 끝이 납니다! 승자는 뉴욕 양키스! 그리고…… 김신입니다!]

[저스틴 벌랜더 선수, 패했지만 정말 아름다운 경기를 펼쳤습니다.]

그와 함께 호흡을 맞췄던 핀스트라이프 투수들을 항상 괴롭혔던 양키 스타디움의 짧은 우측 담장.

작고 하얀 물체를 받아들이며, 그 우측 담장이 인사를 건넸다.

'후훗, 잘했어.'

알 수 없는 목소리가 아련히 바람결에 흩어 사라짐과 동시에 멍하니 방망이를 늘어뜨린 채 서 있던 러셀 마틴은 현실로 튕겨져 나갔다.

그를 기다리는 건.

"와아아아아아아-!"

"마틴-! 마틴-! 마틴-! 마틴-!"

지금까지 핀스트라이프를 입고 그가 받았던 모든 환호를 합한 것보다도 큰 우레와 같은 축복과.

"이 자식!"

"마틴!"

콰앙-!

벤치 클리어링을 하듯 태클을 걸며 달려드는 동료들이었다.

"악! 잠깐만!"

그러나 러셀 마틴이 선수들의 무게에 점점 현실을 체감할 무렵.

양키 스타디움의 분위기가 서서히 반전됐다.

환호, 감탄, 인정에서.

"아……."

숙연(肅然)으로.

[아…… 저스틴 벌랜더 선수. 아직, 아직 경기가 끝난 걸 모르는 모양입니다…….]

그들의 시선 끝에 여전히 마운드에 서 있는 남자, 저스틴 벌랜더의 모습이 걸렸다.

탁— 탁—.

어서 공을 주지 않고 뭐 하냐는 듯 포수를 재촉하며 글러브를 벌렸다 오므리는 남자의 모습이.

해설진도, 팬들도, 그라운드의 선수들도, 각 더그아웃의 관계자들도.

"……."

모두 말을 잃었다.

그 순간이었다.

저벅— 저벅—.

그 아련한 장면 속으로 한 남자가 걸어 들어갔다.

그 등에 새겨진 번호, 92라는 숫자가 사람들의 눈에 선명히 박혀 들었다.

꽈악—!

"고생하셨습니다."

가슴이 답답해질 만한 강한 포옹에, 저스틴 벌랜더의 눈에 빛이 돌아왔다.

"……."

그 시야에 비친 건, 한군데 뭉쳐 있는 핀스트라이프들과.

자신을 바라보는 눈동자들.

저스틴 벌랜더가 중얼거렸다.

"끝……났나……."

처연한 그 목소리 뒤로, 김신이 저스틴 벌랜더에게 속삭였다.

"고생하셨습니다."

"……."

그러고서는 천천히 팔을 풀고 물러나는 김신.

그리고 우두커니 92번을 단 핀스트라이프의 등을 바라보던 저스틴 벌랜더의 귓가에 영문 모를 소리가 꽂혔다.

"웬만하면…… 휴스턴은 가지 마십시오."

"……?"

[두 선수의 퍼펙트게임은 깨졌습니다. 기록지엔 남지 않겠죠. 하지만 저는 오늘 경기를…… 퍼펙트게임이라고 부르고 싶습니다. 한 개인의 퍼펙트가 아닌, 두 투수가 함께 쌓아 올린 아름다운 퍼펙트게임이라고요.]

경기가.

〈글자로 담을 수 없는 전율. ALCS 1차전, 뉴욕 양키스 승리!〉

끝났다.

김신과 저스틴 벌랜더의 판타지 같은 대결은 국적을 막론하고 수많은 화제를 낳았다.

─어제 경기 직관했다. 질문 받는다.
└개부럽네; 어땠음? 현장.
└묻긴 뭘 묻냐 ㅋㅋㅋㅋ 오지고 지렸겠지. 집에서 보던 나도 지렸는데.

해설진의 예언처럼 경기를 직관한 사람들은 자신이 그 현장에 있었다는 것에 가슴 벅차는 자부심을 느꼈으며.

─영화 한 편 찍자. 이건 찍어야 된다. 바닥에 굴러다니는 돈 먹기임.
└무결점 시즌의 투수 김신: 나는 절대로 지지 않는다. 그에 도

전하는 저스틴 벌랜더: 길고 짧은 건 대 봐야 아는 법. 퍼펙트 사냥꾼 프린스 필더: 조금만 더 길었으면. 경기를 끝내는 자 러셀 마틴: 내 공이 어디로 갔지? 엌ㅋㅋㅋㅋㅋ 시나리오 끝났쥬?

　ㄴ김이랑 벌랜더한테 저작권료 줘야 하는 거 아님? 이런 시나리오를 어디서 구해.

　ㄴ빨리 제작 좀. 바로 보러 간다.

　ㄴ포스터도 다 나옴. 믿지 못할 감동 실화! 위에 써 주고 김이랑 벌랜더 사진 좌우로 붙이면 끝남. 와우. 개간단.

그들의 이야기를 영화화해야 한다는 목소리가 여기저기서 흘러나왔다.

　–와, 다음 경기도 정말 기대된다. 이런 경기를 펼친 두 팀인데 또 드라마 하나 쓰겠지?

　ㄴ말이 되는 소리를. 이제부터 노잼임. 처음에 너무 재밌는 걸 봐 버렸어.

　ㄴ가능성은 반반이지. 계속 치열한 접전이 펼쳐질 수도 있고, 그냥 허무하게 끝날 수도 있고.

　ㄴ어딜 가나 이런 새끼가 있네. 그렇게 반반 좋아하면 니 인생도 동전 던지기 해 이 자식아.

그러나 아직 가시지 않은 경기의 여운이 많은 사람의 가슴을 두근대게 만들던 그 시각.

"......."

게리 산체스는 홀로 어두운 호텔 방에 앉아 우두커니 허공을 응시하고 있었다.

평소 그리 좋아했던 동료들과의 잡담을 나누지도 않았고, 김신의 방에 찾아가지도 않았다.

정확히 말하면 김신의 방에는 찾아가지 못한 거였지만.

그런 그가 허공을 응시하며 되뇌고 있는 건 자신에 대한 자책, 아니, 자학이었다.

'내가 부족해서.'

메이저리그 역사에, 사람들의 기억에 길이길이 남을 경기에 뛰지 못한.

있어야 할, 있고 싶었던 자리에 서지 못한 이유가 자신의 부족함 때문이라는 자학.

'매일 한 시간이라도 더. 십 분이라도 더 수비 연습을 했다면......'

왜 진즉에 정신 차리고 수비 능력을 끌어올리지 못했을까.

왜 그렇게 훈련이 싫었을까.

왜 미리미리 코칭스태프들에게 믿음을 주지 못했을까.

지난 4월부터 지금까지 김신과 함께했던 포구 훈련에 왜 좀 더 전력을 다하지 못했을까.

그러지 않았더라면.

그랬다면 오늘 경기장엔 러셀 마틴의 이름 대신 게리 산체스의 이름이 있었을 텐데.

　"젠장."

　물론 게리 산체스도 알고 있었다.

　러셀 마틴이 출전했기에 그가 결승타를 때릴 수 있었고, 양키스와 김신이 승리할 수 있었다는 걸.

　게리 산체스 자신이 출전했다고 해서 똑같이 결승타를 때렸을 거란 보장은 없다는 걸.

　오히려 저스틴 벌랜더의 공에 더욱 속수무책으로 물러났을 수도 있었다는 걸.

　하지만 그럼에도 게리 산체스는 아쉬움을 감추지 못했다.

　기회라도 있던 것과 기회조차 받지 못한 건 천양지차였으니까.

　꽈아악-!

　그러나 게리 산체스는 또한 알고 있었다.

　지금 이 감정을 가장 적절하게 이용하는 방법이 무엇인지.

　오늘 영화 같은 대결을 펼쳤던 그의 동기가 알려 주었다.

　게리 산체스의 손이 스마트폰을 어루만졌다.

　띠디디딕-!

　소는 잃었어도 외양간은 고쳐야만 한다.

　그래야 새로운 소를 받아들일 수 있을 테니까.

2012년 10월 14일.

화제의 아메리칸 리그 챔피언십 시리즈가 끝난 다음 날.

많은 야구팬이 무슨 경기를 봐야 할지 갈팡질팡했다.

선택지는 둘.

하나는 어제 명경기를 펼쳤던 뉴욕 양키스와 디트로이트 타이거스의 ALCS 2차전.

그리고 나머지 하나는 반대편에서 열리는 또 하나의 챔피언십 시리즈.

정확히는 거기에 출전하는 투수의 얼굴이었다.

－클레이튼 커쇼가 기대되긴 하는데…….

－범가너 이 친구도 괜찮아. 빅게임에 강한 친구라고.

－에이, 그래도 어제 그런 걸 봤는데 눈에 차겠어? 아메리칸리그나 보라고.

샌프란시스코 자이언츠의 매디슨 범가너.

LA다저스의 클레이튼 커쇼.

정규 시즌 84승으로 간신히 가을야구에 합류한 LA다저스가 기어코 와일드카드와 디비전 시리즈를 제압하면서.

현재 내셔널리그를 호령하는 투수와 곧 그 투수의 뺨을 후려갈길 투수의 대결이 성사되었던 것이다.

더군다나 그들도 어제 김신과 벌랜더의 대결을 봤을 테니 적잖이 달아올라 있을 터.

양쪽에서 성대하게 열리는 잔치에 야구팬들이 환호했다.

—둘 다 보면 되지~ 이럴 땐 직관 안 가는 게 현명함. 집에서 맥주 들고 채널 돌려 가면서 보는 게 낫지.

└.직관 갈 수는 있고?

그러나 양쪽 모두 관람하겠다며 TV 앞에 자리 잡은 야구팬들의 채널은 얼마 지나지 않아 한 곳으로 집중되었다.

—끝났네, 끝났어. 난 여기서 하차한다.

—ㅋㅋㅋㅋㅋㅋㅋ 원사이드네. 커쇼가 이렇게 털리나?

지금은 아직 커리어가 길지 않아 두드러지지 않았지만.

머지않은 미래 포스트 시즌만 되면 평범 이하의 투수가 되어 조롱받을 클레이튼 커쇼는 경기 초반부터 무너져 내렸고.

반대로 포스트 시즌만 되면 더욱 강력해지는 메이저 사상 최고의 빅게임 피처, 매디슨 범가너의 강심장이 경기를 씹어 먹기 시작했던 것.

산란기가 되면 강으로 돌아오는 연어들처럼 회귀한 팬들

의 시선 앞에서.

따악-!

긴 침묵을 깨고 양 팀의 방망이가 호쾌한 궤적을 그렸다.

〇

대부분의 사람은 일요일 밤보다 금요일 밤을 더 좋아한다.

사실 일요일은 쉬는 날이고, 금요일은 어쨌든 힘든 업무를 치른 날인데 왜 그럴까?

그것은 '기대감' 때문이다.

금요일 밤은 앞으로 이어질 토, 일 이틀의 휴일에 대한 기대감으로 행복하고.

일요일 밤은 앞으로 찾아올 월, 화, 수, 목, 금 오일의 출근에 대한 두려움으로 불행하다.

이처럼 기대감은 사람의 감정에 크나큰 영향을 미친다.

여행 자체를 좋아하는 사람도 있지만 여행 계획을 세우며 두근대는 설렘을 좋아하는 사람도 많은 것처럼.

그런 기대감이 좌절되면.

그때는 해당 사건에 대한 실망감에 기대감이 더해져 크나큰 격류를 불러일으키게 된다.

그리하여 소문 난 잔치에 먹을 것 없다는 말이 나오는 것이다.

기대하며 찾아간 맛집이 마음에 들지 않으면, 악플러가 되는 것이 인간이란 동물이니까.

소문 난 잔치에 먹을 것 없다는 말이.

내셔널리그 챔피언십 시리즈에 그대로 들어맞았다.

따악—!

[버스터 포지! 이 공이 다시! 좌측 담장을 넘어갑니다! 백 투 백! 홈런 두 방에 다저스의 에이스, 클레이튼 커쇼가 무너집니다!]

3회 초, 다저스의 에이스 클레이튼 커쇼가 샌프란시스코 자이언츠의 클린업 파블로 산도발과 버스터 포지에게 백 투 백 홈런을 얻어맞으며 무너져 내린 데 비해.

뻐엉—!

[삼진! 매디슨 범가너! 대담한 투구를 펼칩니다!]

샌프란시스코 자이언츠의 신예, 매디슨 범가너는 자신의 강심장을 자랑하듯 호투를 펼쳐 그야말로 원사이드한 경기가 펼쳐진 것이었다.

물론 당연히 미치지 못할 것이라 생각하긴 했지만, 그래도 바로 전날 있었던 김신과 저스틴 벌랜더의 역대급 경기를 지켜봤던 팬들은 실망할 수밖에 없었다.

　

—뭐, 그런 경기가 자주 나올 수는 없는 거니까.

　

수많은 팬들의 채널이 아메리칸리그 쪽으로 돌아갔다.

따악-!

그리고 아메리칸리그에서.

기다렸다는 듯 그들을 만족시킬 만한 재미가 창출됐다.

[미겔 카브레라-! 어제의 한을 푸는 듯한 호쾌한 스윙! 2타점 적시타를 터뜨립니다! C.C. 사바시아 선수, 고개를 숙이네요.]

1회 초부터 터진 미겔 카브레라의 싹쓸이 2루타로 디트로이트 타이거스가 치고 나가는가 싶더니.

따악-!

[추신서-! 관중석 상단에 꽂히는 대형 스리런 홈런! 양키스가 곧바로 역전에 성공합니다!]

바로 1회 말, 뉴욕 양키스의 4번 타자 추신서의 홈런으로 난타전이 시작되었던 것.

따악-!

따악-!

따악-!

호쾌한 타격전의 향연에 팬들이 열광했다.

-역시! 아메리칸리그가 근본이지! 투수전에 이은 타격전으로 눈 정화 오집니다.

-사바시아나 슈어저도 괜찮은 투수들인데……. 이 방망이를 11이닝 동안 틀어막은 어제 투수들은 도대체;;

└.어나더 레벨이지.

엎치락뒤치락하던 그 경기를 가른 것은 불펜의 힘이었다.

필 코크, 호세 발베르데, 옥타비오 도텔 등의 디트로이트 타이거스 불펜진은 양키스 타선을 제어하는 데 실패했으나.

조바 체임벌린, 데이비드 로버트슨, 라파엘 소리아노, 마리아노 리베라로 이어지는 양키스의 철벽 불펜은 한 점도 내주지 않았다.

〈11-8! 숨 막히는 투수전에 이은 화끈한 타격전! 뉴욕 양키스가 다시 한번 웃다! 이제 승부는 코메리카 파크에서!〉

홈팬들 앞에서 가장 중요한 1, 2차전을 모조리 쓸어 담은 뉴욕 양키스.

〈양키스의 월드 시리즈 진출 확률은? 97%!〉

이후 자신들의 홈구장, 코메리카 파크로 자리를 옮겨 치러진 3, 4차전에서 디트로이트 타이거스는 이를 악물었다.

하지만.

따악-!

[이 타구가 좌중간을 가릅니다! 게리 산체스의 적시타!]

따악-!

[큽니다! 좌측 담장, 좌측 담장, 좌측 담장…… 넘어갑니다! 조시 도널

드슨!]

수많은 시간을 겪은 베테랑보다 1차전의 임팩트가 훨씬 강하게 뇌리에 남은 듯 고양된 양키스의 루키 타자 3인방.

게리 산체스, 조시 도널드슨, 매니 마차도의 활약은 그칠 줄을 몰랐고.

뻐엉-!

[앤디 페티트! 퀄리티 스타트를 기록하면서 팀이 자신에게 바랐던 역할을 완벽하게 수행하고 마운드를 내려갑니다.]

17년 차의 노장 앤디 페티트는 자신의 노련함을 충분히 발휘해 주었으며.

뻐엉-!

[이반 노바! 지난 경기 강판의 치욕을 씻어 내는 호투를 펼치고 있습니다!]

지난 디비전 시리즈에서 퀵 후크라는 굴욕을 겪었던 이반 노바는 절치부심 호투를 펼쳤다.

반면 디트로이트 타이거스의 3차전 선발, 덕 피스트는 혼신의 힘을 다했음에도 역부족이었고.

짧은 휴식에도 아랑곳 않고 재출전한 저스틴 벌랜더는 김신과의 대결에서 너무 많은 힘을 소진했는지 그때와 같은 모습을 보여 주지 못했다.

그나마 미겔 카브레라를 중심으로 타선이 힘을 냈지만.

뻐엉-!

[볼 게임 이즈 오버! 마리아노 리베라가 오늘도! 양키스의 뒷문을 철저하게 걸어 잠갔습니다! 무시무시한 전력입니다. 뉴욕 양키스!]

마리아노 리베라를 필두로 한 불펜진이 그가 델린 베탄시스에게 전했던.

중요한 경기일수록 1이닝을 믿고 맡길 수 있는 불펜 투수가 중요하다는 발언을 증명하면서.

3차전, 8-3.

4차전, 9-4.

뉴욕 양키스는 4연승으로 아메리칸리그 챔피언십 시리즈를 제패하고 그들이 원래 겪었을 치욕을 정반대로 돌려주었다.

〈뉴욕 양키스, 압도적인 경기력으로 ALCS 스윕!〉

─올해는 무조건이다. 거짓말같이 월시에서 패배한다는 일은 도저히 일어날 수가 없다.

┗하지만 그게 진짜로 일어난다면?

┗ㄴㄴ 불가능.

부활한 악의 제국 뉴욕 양키스.

고무된 뉴욕 양키스 팬들의 아낌없는 기대가 한 남자에게 투영됐다.

ㅡ김신이 1, 4, 7차전 먹어 줬으면 좋겠다. 그럼 벌써 3승이잖아.

ㄴ김신은 무슨 무쇠 팔이냐?

ㄴ무쇠 팔이지. 그거 모르는 사람도 있나.

결코 기대를 실망으로 돌려주지 않는.

언제나 보증된 맛을 선사하는 잔칫집에게.

〈뉴욕 양키스, 3년 만에 다시 WS 복귀! 왕좌의 주인은 우리다!〉

팀이 막강한 전력으로 연승을 달리는 건 좋았지만 뉴욕 양키스 팬들에게도 불안함이 없는 건 아니었다.

ㅡ아, 근데 진짜 마크 테세이라랑 커티스 그랜더슨은 좀 치웠으면 좋겠다. 이게 뭐냐 진짜? 팀 타선이 저렇게 터지는데 타율이 어떻게 2할 초반이냐고, 2할 초반! 좀만 못 쳤으면 1할일 뻔했어, 아주.

ㄴㅇㅈ. 얘네 나와서 맥 끊을 때마다 혈압 올라서 리모컨 던짐.

ㄴ러셀 마틴은? 얘도 심각한데.

ㄴ걔는 1차전 결승 홈런 쳤잖아. 까방권 줘야지. 그리고 우리 산체스가 있어서 괜찮음.

첫 번째는 포스트 시즌 시작과 동시에 극심한 부진에 빠져 있는 두 선수, 마크 테세이라와 커티스 그랜더슨이었다.

그나마 마크 테세이라는 원래 정규 시즌에도 그다지 좋은 타격 성적을 기록하지 못한 선수였지만 커티스 그랜더슨은 달랐다.

─장타력이라도 괜찮으면 공갈 포라도 기대해 보겠는데. 이 새끼 포시 들어와서 장타율이 3할임 3할. 뭐 감기라도 걸린 거야?

└감기겠냐. 홈런왕 날려 먹고 술이나 퍼 먹었겠지, 뭐.

└가능성 있네. 어쨌든 타선에서 좀 뺐으면 좋겠음. 이런 놈이 지명타자라고 중심 타선에 딱 알 박고 있으니까 더 낼 점수도 못 내잖아. 차라리 닉 스위셔를 써야지. 조 지라디도 감 다 잃었나?

오히려 홈런왕 수상 좌절을 포스트 시즌에서의 활약으로 극복하려 했던 커티스 그랜더슨이나.

이미 그의 타순을 조정했던 조 지라디 감독이 들으면 가슴을 칠 얘기였지만, 성적이 성적이니만큼 욕을 먹는 건 어쩔 수 없는 일이었다.

그리고 두 번째는.

─근데 이거 스윕하면 오히려 안 좋은 거 아니었음?

└ㅇㅇ. 징크스가 있긴 해서 불안하긴 한데, 그래도 뭐…… 올해

는 그런 거 다 씹어 먹고 우승하지 않겠나. 애틀랜타도 했는데.

챔피언십 시리즈를 스윕하고 올라간 팀은 월드 시리즈에서 맥없이 패배한다는 웃지 못할 징크스였다.

이 징크스는 실존하는 기록이 증명하고 있었으며, 징크스를 깬 유일한 팀은 1995년의 애틀랜타 브레이브스뿐.

2019년 워싱턴 내셔널스가 다시 깨기까지 정설로 받아들여지던 이 징크스에는 설득력 있는 근거까지 있었다.

'너무 긴 휴식이 선수들의 경기 감각을 해친다.'

일정에 따라서 다르겠지만 4경기 만에 월드 시리즈 진출을 확정하게 되면, 통상 일주일에 가까운 휴식일이 주어진다.

즉, 그냥 팝콘이나 뜯으면서 반대편 리그의 진흙탕 싸움을 바라보다가는 신선놀음에 도끼 자루 썩는 줄도 모르게 될 수가 있다는 소리였다.

뉴욕 양키스라는 거대한 배를 지휘하는 선장, 조 지라디도 이런 부분들을 잘 알고 있었지만.

자체 청백전을 비롯한 연습 경기를 치르고, 훈련 세션을 좀 더 치밀하게 구성하는 것 외엔 방법이 없었다.

그러나 이때, 게리 산체스가 쏘아 올린 작은 공이 효과를 발휘했다.

소 잃은 외양간을 고치고자 했던 게리 산체스의 문자 하나가.

"헤이, 그랜더슨."

"네. 무슨 일이십니까, 캡틴?"

개인주의 성향이 강한 미국에서.

그것도 누구에게도 터치받지 않을 권리를 가진 성공한 메이저리거를 컨트롤할 수 있는 유일한 사람.

뉴욕 양키스의 캡틴을 움직였다.

"그냥. 나랑 같이 추가 훈련 좀 할까?"

뉴욕 양키스의 망중한(忙中閑)이 지나갔다.

뉴욕의 핀스트라이프들이 치열한 휴일을 보내는 동안.

내셔널리그에서는 접전이 펼쳐지고 있었다.

매디슨 범가너의 호투를 앞세운 샌프란시스코 자이언츠가 1차전을 잡긴 했지만.

맷 캠프를 필두로 시즌 중반에 트레이드해 온 헨리 라미레즈-아드리안 곤잘레스로 이어지는 다저스의 클린업 트리오가 폭발하면서.

따악-!

[아드리안 곤잘레스-! 지난 2차전에 이어 오늘도 해결사 면모를 과시합니다!]

2, 3차전을 다저스가 가져가게 된 것.

그러나 다시 4, 5차전.

뻐엉-!

[살아나나요? 살아나나요, 팀 린스컴?]

왜소한 체격에도 불구하고 메이저리그에서 손꼽히는 역동적인 투구 폼으로 2008년과 2009년, 데뷔하자마자 2연속 사이 영을 수상하고 다음 해엔 팀을 월드 시리즈 정상에 올리며 돌풍을 일으켰던 사나이.

그러나 그 힘이 다했는지 이번 시즌 급격한 내리막길을 타던 팀 린스컴이 마지막 불꽃을 태우듯이 호투를 펼치고.

뻐엉-!

[베리 지토-! 이 선수 8월부터 정말 물 만난 고기 같습니다!]

먹튀라 불리지만 올해만큼은 돈값을 하는 남자.

8월부터 14연승을 기록한 샌프란시스코 자이언츠 승리의 상징, 베리 지토가 다저스 타선을 꽁꽁 밀봉하면서.

[볼 게임 이즈 오버! 5-0으로 샌프란시스코 자이언츠가 완벽한 승리를 따 냅니다! 시리즈 스코어는 3-2! 승부의 균형이 다시 자이언츠 쪽으로 기웁니다!]

내셔널리그 챔피언십 시리즈는 점점 미래를 알 수 없는 진흙탕 속으로 빨려 들어갔다.

결국 7차전까지 서로 모든 걸 소모하며 맞붙은 두 팀.

그 승자는.

〈샌프란시스코 자이언츠! 2년 만에 대권에 도전하다!〉

원 역사의 월드 시리즈 우승 팀, 샌프란시스코 자이언츠.
그리고 김신의 상대는.

〈김신 VS 팀 린스컴! 또 한 번의 명품 투수전 기대해도 될까?〉

이번 시즌 부진했지만 챔피언십 시리즈에서의 활약을 바
탕으로 다시 한번 믿음을 얻은 불꽃남, 팀 린스컴이었다.
툭─.
2012년 10월 24일.
마침내 김신이 처음으로.
월드 시리즈 마운드를 밟았다.

⚾

2012년 10월 24일.
3년 만에 양키 스타디움에서 월드 시리즈 경기가 펼쳐지
는 날.
양키 스타디움에 존재하는 총 47,309개의 좌석 중 어디에
도 속하지 않지만.
억만금을 들고 와도 구할 수 없는 가장 좋은 자리.

그곳에서 두 남자가 만났다.

"캐시먼."

"예, 구단주님."

양키스의 단장, 캐시먼과 그 상사인 양키스의 주인, 할 스타인브레너였다.

경기 시간을 30분 정도 남겨 둔, 아직 해가 채 지지 않은 오후 4시 반.

창문 밖으로 비치는 에어쇼를 감상하며 할 스타인브레너가 술잔을 치켜들었다.

"고생했어."

선대와 달리 지갑을 걸어 잠근 짠돌이의 공치사에 캐시먼이 뼈 있는 말을 뱉었다.

"네, 구단주님도 누가 약쟁이한테 때려 박은 2억 7,500만 때문에 고생이 많으십니다."

A-rod에게 2억 7,500만 달러를 안긴 행크 스타인브레너와 이후 전권을 잡고 효율성을 이유로 지갑을 닫은 할 스타인브레너를 모두 꼬집는 말.

평소라면 형제인 행크의 탓이라며 구렁이 담 넘어가듯 넘겨 버렸을 할 스타인브레너였지만, 오늘의 반응은 달랐다.

"그래, 그래서 자네가 고생했지."

"......?"

의아해하는 캐시먼을 두고 다시 창밖으로 시선을 돌린 할 스타인브레너가 이야기를 이어 갔다.

"세상 사람들이 그러더군. 월드 시리즈 트로피가 우리 거라고. 근데 그 얘기를 하면서 사람들이 공통적으로 언급한 게 뭔 줄 아나?"

"……김신에 대한 얘깁니까?"

"맞아. 정확해. 실력이면 실력, 스타성이면 스타성. 그 친구 아주 훌륭한 친구더구먼."

거기까지 얘기한 뒤 와인을 한 모금 입에 머금은 할 스타인브레너는 다음 순간 아주 중요한 질문을 던졌다.

"그럼 묻지. 그 김신을 잡으려면 얼마나 필요하겠나. 자네가 아주 싫어하는 그 2억 7,500만보다는 더 필요하겠지?"

할 스타인브레너가 이번에도 지갑을 열지 않으려 한다 생각한 캐시먼은 다급하게 강변했지만.

"안 됩니다! 다른 선수는 몰라도 김신만큼은 역대 최고액을 안겨 줘서라도 잡아야……!"

"누가 뭐라 그랬나?"

할 스타인브레너는 태연히 맞받아쳤다.

"사. 얼마가 됐든 반드시 사서 핀스트라이프를 입히도록 하게. 자네도 어차피 그런 생각이었지?"

"……?"

다음 순간, 할 스타인브레너의 태도가 변한 이유가 등장했다.

"이번에 월드 시리즈 시구자를 뽑는 과정이 아주 힘들었다더군. 하도 하려는 사람이 많아서 말이야. 나한테도 얘기가 들어올 정도였어."

"……."

"누구 덕분이겠나? 자네가 애지중지하는 킴, 그 친구 덕분이지. 유니폼 판매부터 시작해서 많은 부분에서 도움이 될 친구야. 더군다나 동양인이라 새로운 시장을 개척하는 데에도 도움이 될 테지. 겸사겸사 내 다른 비즈니스들에도 그렇고. 사게. 꼭 사."

예상치 못한 곳에서, 예상치 못한 타이밍에 김신의 계약이 급물살을 타는 순간이었다.

그리고.

"이왕 사는 김에 좀 더……."

"거기까지. 그건 다음에 생각해 보지."

김신뿐 아니라 다른 선수들의 계약금도 확보해 두려던 캐시먼의 의도가 돈좌됨과 동시에.

[웰컴 투 월드 시리즈!]

마침내 2012 월드 시리즈가 개막했다.

●

[안녕하십니까. 시청자 여러분. 여기는 곧 2012시즌의 최종 승자를

가리는 마지막 결전! 월드 시리즈가 펼쳐질 양키 스타디움입니다.]

7번의 경기 중 4번.

그것도 1, 2차전과 6, 7차전을 직관할 수 있게 된 양키스 팬들이 우레와 같은 함성을 내질렀다.

"와아아아아아―!"

지난 7월.

데릭 지터를 포함한 다섯 명의 핀스트라이프가 이 악물고 올스타전에 임한 결과 주어진 어드밴티지.

그 효과가 최대로 발휘되는 1차전.

1회 초, 언제나 팬들의 상상과 바람을 현실로 바꿔 주는 투수가 마운드에 올랐다.

그러나 그보다 먼저 발에 흙을 묻힌 사람이 있었으니.

[이 뜻깊은 날을 축하하기 위해, 오늘 아주 특별한 손님이 찾아왔습니다. 소개합니다! 오늘 경기의 시구를 맡아 주실, 배우 스칼렛 로마프!]

2012 메이저리그 시즌의 개막과 동시에 개봉한 영화가 공전절후의 히트를 기록하면서.

연일 상한가를 갱신하고 있는 최고의 여배우.

김신과도 가볍지 않은 인연이 있는 매력적인 적발의 여성이 핀스트라이프를 입고 자세를 잡았다.

하지만 김신에게 그런 건 눈에 들어오지도 않았다.

"후우……."

지난 생, 보스턴 레드삭스라는 통곡의 벽 때문에 도달하지 못했던 바로 그 무대.

바라고 바라던 월드 시리즈의 마운드가 지금 눈앞에 있었으니까.

퍼펙트게임을 달성했을 때보다도, 최다 탈삼진 기록을 경신했을 때보다도, 팀이 시즌 최다 승을 올렸을 때보다도, 무결점 시즌을 완성했을 때보다도 중요한 순간이 바로 지금이었으니까.

스칼렛의 작은 손에 어울리지 않는 흰색 공이 천천히 홈플레이트로 향하고.

부웅—!

"스트라이크!"

누군지도 모를 시타자의 방망이가 휘둘릴 때도.

김신은 여전히 마인드컨트롤에 한창이었다.

"그렇게 무서운 표정 하지 말아요. 안 잡아먹어요."

"……."

치열한 경쟁을 뚫고 화제 몰이를 위해 선택된 시구자, 스칼렛 로마프가 건넨 말도 의미 없이 사라졌다.

투구 판의 흙을 고르고, 몇 개의 연습구를 던지고, 다시 그 공을 잡고 묵묵히 고개를 숙일 때까지도.

김신은 계속해서 스스로를 가다듬었다.

"후우……."

많은 사람이 그의 우세를 점친다는 건 알고 있었다.

그뿐만 아니라 마운드가 아닌 타선에선 더욱 큰 격차가 벌어진다 평한다는 것도 알고 있었다.

하지만 김신은 그런 평가들을 머리에서 지우고자 노력했다.

아니, 지웠다.

얼마 전 저스틴 벌랜더가 보여 줬듯이.

월드 시리즈까지 올라온 이상, 아무리 약하다고 해도 샌프란시스코 자이언츠의 타선은 이변을 만들기에 충분한 역량을 가지고 있었다.

린스컴은 아무리 이번 시즌 부진했다고 해도 2회 연속 사이 영을 들어 올리고 이어 월드 시리즈까지 제패했던 팀.

회광반조(回光返照)를 일으키기에 충분한 기반을 가지고 있었다.

김신은 추호도 방심하지 않았다.

자연스레 생길 수 있는 일말의 가능성도 지워 버렸다.

그렇기에, 흔들릴 수밖에 없었다.

따악-!

[앙헬 파간-! 이게 무슨 일입니까! 월드 시리즈 1차전! 경기 시작부터 이변이 벌어집니다!]

자신의 손에서 떠난 공이 담장을 넘어 돌아오지 못할 길을 갔다는 사실에.

생각할 겨를도 없이 마주치는 교통사고처럼.

그건 그야말로 한순간이었다.

[나우 배팅, 넘버 16! 앙헬, 파간!]

장내 아나운서가 샌프란시스코 자이언츠의 1번 타자, 앙헬 파간의 이름을 부르고.

[오늘 또 특이한 점이 배터리를 이룬 김신 선수와 게리 산체스 선수의 나이가 합쳐 봐야 겨우 40입니다. 역대 월드 시리즈 최연소 배터리예요.]

[최연소 배터리긴 최연소 배터리인데 성능은 최고 수준인 배터리네요.]

[하하, 그렇네…… 아, 말씀드리는 순간 경기 시작합니다. 앙헬 파간. 김신 선수가 샌프란시스코 자이언츠의 1번 타자, 앙헬 파간 선수를 상대하겠습니다.]

이것저것 관중들의 흥미를 위해 이야기를 늘어놓던 해설진이 자세를 바로 하고.

스윽-.

[김신 선수는 역시나 좌완을 선택했습니다. 그리고…… 앙헬 파간 선수 또한 역시 그에 맞춰 우타석에 들어서네요.]

스위치 피처와 스위치히터인 김신과 앙헬 파간이 각자 사용할 손을 정하고.

그다음이었다.

따악-!

소란스러운 경기장을 일거에 침묵시키는 청아한 타격음이 양키 스타디움을 가득 메웠다.

[What the……]

해설진이 자신의 눈을 믿지 못하고 말을 더듬었다.

타다다다닥―!

쾅―!

"허억…… 허억……."

공만 바라보며 좌측 외야를 질주하던 브렛 가드너가 펜스에 부딪혔다.

그리고…… 공이 담장 너머로 사라졌다.

　　1 ― 0

전광판의 숫자가 바뀌었다.

"……."

경기장을 가득 메운 핀스트라이프들 위에 침묵이 내려앉고.

김신의 아버지 김성욱 교수의 주먹이 핏기 없이 하얗게 물들었다.

최초의 한국인 월드 시리즈 선발에 들떠 있던 대한민국이 멈췄고.

캐서린 아르민의 손이 입을 틀어막았다.

[앙헬 파간ㅡ! 이게 무슨 일입니까! 월드 시리즈 1차전! 경기 시작부터 이변이 벌어집니다! 앙헬 파간의 선두 타자 홈런! 김신 선수가, 김신 선수의 첫 포스트 시즌 실점이 여기서. 월드 시리즈 1차전에서 나옵니다!]

처음부터 그랬다.

김신의 목표는 오로지 우승뿐이었다.

뉴욕 양키스의 월드 시리즈 우승.

김신이 바라던 건 오직 그것이었다.

물론 김신 개인의 성공도 없었다고 하면 거짓말이었다.

하지만 그건 우승 반지가 전제된 상태에서만 성립될 수 있는 부가적인 무언가였다.

데뷔전 퍼펙트게임도, 최다 삼진 기록도, 최다 승 기록도, 무결점 시즌도, 0점대 방어율도.

그가 세운 모든 업적은 결국엔 그 길을 걸어가다 보니 딸려 온 부산물에 불과했다.

그런데 가장 중요한 순간에.

바로 자신의 실수로.

"……."

김신은 말을 잇지 못했다.

행동하지 못했다.

생각하지 못했다.

지금까지 성공만 해 왔기에 더욱.

지금까지 흔들리지 않은…… 아니, 흔들렸음에도 금세 그를 제자리로 돌아올 수 있게 받쳐 주던 깊은 뿌리가 거세게 진동했다.

지금까지 그가 쌓아 왔던 업적들이, 단단하게 올려 세운 강대한 에고가 역으로 칼날이 되어 그를 찔러 왔다.

김신의 손이…… 떨렸다.

그때 움직인 두 남자가 있었다.

먼저 등 뒤에서 목소리가 들려 왔다.

"이제야 이런 모습을 보는구먼. 하마터면 사람 아닌 줄 알았잖아."

아무 일도 아닌 것처럼.

"월드 시리즈만 아니라면 엉덩이를 걷어차 줬을 텐데…… 상황이 상황이니 봐 준다. 잘 들어, 애송이."

데릭 지터의 힘 있는 목소리가 마운드 주변을 일렁였다.

"겨우 1점이야. 겨우 한 이닝이고. 겨우 한 타자야. 아직 아무것도 시작 안 했어."

김신의 눈동자를 직시하며, 데릭 지터가 자신의 얼굴을 드러냈다.

"그래도 안 되겠어? 그럼 날 봐. 내가 누군지 알지? 내가 어떻게든 해 줄 테니까 그만 질질 짜고 일어나."

김신의 멍한 눈동자가 그 말을 쫓았다.

미스터 노벰버라는 위명을 쓴 남자의 얼굴이 밝게 빛나고 있었다.

"자, 그럼 너도 할 말 해라. 원래 남편은 마누라가 챙기는 거야."

그가 물러나고.

다시 등 뒤에서 목소리가 들렸다.

"에…… 어…… 이런 상황을 생각해 보질 못해서 뭐라 해야 할지 모르겠는데."

게리 산체스.

게리 산체스였다.

"음…… 내가 우연히 알게 됐는데, 한국에선 띠라는 게 있다더라고. 근데 우리가 원숭이래. 근데 그 원숭이도 나무에서 떨어질 때가 있는 거잖아? 그런 거야, 그런 거."

두서없는 이야기가 김신의 귓속을 채웠다.

"에이, 씨…… 나한테 뭐라고 했어! 너 이거 지피지기가 안 되는 거야. 너 자신을 알아야지! 불쌍해서 '지피'는 이 형님이 해 줄 테니까, 오늘은 '지기'만 하고 던져. 간다! 사인 잘 봐!"

김신의 의식이 꿈틀댔다.

그리고 그때.

"김신-!"

정말 신기하게도, 관중들의 웅성이는 소리를 뚫고 한 사람의 목소리가 정확하게 마운드에 전달됐다.

"@#$%^&!"

다음 말은 들리지 않았다.

하지만 누가 그 말을 하는지, 그 사람이 어떤 말을 하고 싶은지, 그 옆에 누가 있는지는 김신에게 충분히 닿았다.

김신의 눈동자에 빛이 돌아왔다.

스윽-.

그의 손이 공을 잡았다.

함 해 보입시더

인간의 생명력은 양면성을 지닌다.

같은 사람일진대 누군가는 화살을 몇 대씩, 총탄을 몇 발씩 맞고도 앞으로 나아가 임무를 완수하기도 하고.

누군가는 가벼운 넘어짐이, 평소와 다를 바 없는 식사가, 작은 상처에서 비롯된 감염이 허탈한 결과로 이어지기도 한다.

이와 같이 사람의 목숨이란 어떤 때는 어떻게 저럴 수 있지, 싶을 정도로 끈질기게 그 존재를 알리는가 하면.

어떤 때는 가벼운 충격만으로도 급작스럽게 세상에서 사라지기도 한다.

정신력도 마찬가지다.

그 어떤 역경 앞에서도 굴하지 않았던 불굴의 투사가 아주 작은 심리적 트리거 하나에 무너질 수도 있는 것이다.

그런 걸 우리는 패닉(Panic)이라고 부른다.

한 개인이 심한 공포감을 가지고 있는 대상이나 상황에 맞닥뜨렸을 때.

신체의 강건함이나 정신력, 그가 살아 온 인생이나 처지에는 상관없이 비정상적인 발작을 일으키는 것.

물론 극한 상황을 경험할 일이 흔치 않은 일반인의 경우, 어쩌면 쉬이 이해하기 어려울 수도 있다.

그러나 영화에서, 드라마에서, 만화에서, 소설에서.

그런 '이야기'들에서 패닉에 빠져 패착을 저지르는 등장인물이 빠지지 않고 등장하는 건 그만큼 패닉, 공황 장애가 흔한 질환이며.

개인의 정신력만 가지고는 절대로 극복할 수 없는 거대한 벽이기 때문이다.

충분히 상황을 극복할 수 있는 능력이 있어도.

심지어 평소라면 그 모든 걸 알고 있을 사람이어도.

어쩔 수 없이 나락으로 빠져드는 불가항력(不可抗力).

그게 바로 패닉이다.

그런 면에서.

김신 또한 한 사람의 인간일 뿐이었다.

그러나 또한, 한 사람의 인간이기에 누군가의 도움으로 다시 일어설 수 있는 것이었다.

[김신 선수도 역시 루키이기는 했나 봅니다. 처음 보는 풍경이네요.]

데릭 지터가 했던 말처럼 겨우 1점이고, 겨우 한 이닝이며, 겨우 한 타자다.

아무것도 시작하지 않았다.

게리 산체스가 꼬집은 대로 평소 그가 강조해 왔던 지피지기가 되지 않는 것이 맞았다.

캐서린의 외침으로 깨어난 김신의 의식이 그것들을 천천히 받아들였다.

[그래도 이제 얼추 추스른 것 같아 다행입니다.]

[문제는 과연 김신 선수가 제대로 공을 던질 수 있느냐는 건데요.]

하지만 그것만으로 거짓말같이 원래의 그로 돌아오기엔 조금 부족했다.

어두운 터널에 드리우는 한 줄기 빛을 보기 시작한 김신의 팔이 가늘게 떨렸다.

[타석에는 마르코 스쿠타로 선수. 양키스 배터리, 사인을 교환합니다.]

산체스의 사인은 간단했다.

바깥쪽 낮은 코스의 속구.

김신이 가장 자신 있어 하고, 가장 많이 던지는 코스와 구종.

으득-!

김신이 이를 악물었다.

뻐엉-!

[워우! 몸을 날리는 게리 산체스! 바깥쪽으로 많이 벗어났습니다!]

[역시 충격이 아직 가시지 않은 듯합니다. 제구가 되지 않는 모습이에요! 아마 김신 선수로서는 처음 겪는 일 같은데…… 어쩌면 금세 회복하기 어려울지도 모릅니다.]

건강한 육체에 건강한 정신이 깃든다고 했다.

그만큼 육체와 정신은 떼려야 뗄 수 없는 긴밀한 연결 고리를 가지고 있다는 소리다.

그런데 정신이 급격히 흔들린 마당에 어찌 육체라고 무사할까.

더군다나 피칭은 온몸의 근육과 관절이 마치 정교한 시계처럼 한 치의 오차 없이 돌아가야 하는 매우 섬세한 작업.

사소한 어긋남이 김신의 칼날 같던 제구력을 흐트러뜨렸다.

뻐엉-!

[다시 크게 빠집니다! 2-0! 김신 선수, 계속해서 흔들립니다!]

노 스트라이크 투 볼.

평소의 김신이라면 절대로 쉬이 허용하지 않을 불리한 볼 카운트가 1회 초부터 펼쳐지고 있었다.

팡팡-!

하지만 호쾌하게 미트를 두드리면서 내린 산체스의 사인은 한결같았다.

'포심, 아웃사이드.'

낮의 팀 훈련에서, 경기에서, 야간에 행해지는 추가 훈련
에서.

이 세상에서 김신의 공을 가장 많이 받은, 김신의 적법한
파트너로서 본능적으로 느끼고 있었으니까.

'괜찮아지고 있어.'

존에서 벗어나는 건 동일하지만 공에 담긴 무언가는 변화
해 가고 있다는 것을.

뻐엉-!

[3구째도 빠집니다! 0-3! 게리 산체스 선수가 온몸을 던져 막아 냅니
다!]

[이 선수가 이렇게 수비가 좋았나요? 현재까지 방망이에 비해 글러브
가 좀 부족하다는 평가가 많았는데, 무려 월드 시리즈에서 전혀 다른 모
습을 보여 줍니다. 헌신적이면서도 열정 넘치는 수비입니다.]

한 시즌 내내 흘린 게리 산체스의 땀방울이 그 선택을 뒷
받침했다.

'포심, 아웃사이드.'

그리고 4구째 승부.

"아니야."

김신이 처음으로 고개를 저었다.

[사인 교환이 길어지는데요? 김신 선수가 계속 고개를 젓습니다.]

[이런 경우는 투수가 던지고 싶은 구종이 있다고 봐야죠.]

주심이 주의를 생각할 정도의 긴 사인 교환.

'하여간.'

툴툴대면서도 입가에 미소를 머금은 게리 산체스가 엉덩이를 옮겨 앉았다.

그 위치는, 투수가 가장 처음 배우는 코스.

결코 움직이지 않는 홈플레이트의 중앙.

[김신 선수, 제4구!]

스스로 극약처방을 내린 의사의 왼손이 그림같이 휘둘렸다.

뻐엉-!

[베이스 온 볼스! 마르코 스쿠타로 선수, 볼넷을 골라내 1루로 걸어 들어갑니다.]

월드 시리즈 1차전 1회 초.

0 : 1에 무사 1루.

완전히 뉴욕 양키스가 끌려가는 듯한 모양새였지만 경기장의 분위기는 달랐다.

"Kim Will Rock You-!"

관중들은 언제 침울했었냐는 듯 소리 높여 응원가를 불렀고.

"그대로 두자고."

"예."

조 지라디 감독은 팔짱을 풀고 자리에 앉았다.

그것은 비단 김신에 대한 무조건적인 믿음이 아닌 눈에 보이는 결과가 있기 때문이었다.

[음…… 볼넷이 나오긴 했지만 결국 풀카운트까지 가는 승부였습니다. 김신 선수의 영점이 다시 맞아 가고 있다는 거예요.]

[그렇습니다. 마지막 공도 스트라이크존에 반쯤 걸치는 공이었죠. 김신 선수, 한 타석 만에 충격을 가다듬는 모양새입니다.]

내리 볼 3개를 내주고 다시 2개의 스트라이크.

물론 마지막 공이 심판의 인정을 받지 못하며 볼넷을 내주긴 했지만, 리그를 초토화시켰던 투수의 진면모가 마운드에 다시금 아른거리고 있었다.

그 모습에, 초장부터 나온 행운의 홈런에 가만한 기대를 가져 보았던 남자가 고개를 저었다.

"쯧, 쉽게 가나 했더니……."

그의 이름은 브루스 보치.

2010, 2012, 2014 월드 시리즈를 제패하며 샌프란시스코 자이언츠에게 짝수 해의 전설이라는 위명을 안겨 준 감독이었다.

'이럴 줄 알았으면 앙헬 파간에게도 경기 시작부터 지시를 내려 둘 걸 그랬어.'

아쉽지 않다면 거짓말이다.

한 시즌에 딱 한 번만 승리하지 못했던 괴물이 선두 타자의 홈런을 맞고 흔들린다는 게 어디 흔한 일인가 말이다.

심지어 그 흔들림을 더욱 격화시킬 방안도 생각해 놓았음에야.

"뭐, 어쩔 수 없지."

하지만 그건 어차피 요행(僥倖).

브루스 보치와 샌프란시스코 자이언츠의 '몇 선수'가 준비해 왔던 건 평소의 김신.

그러니까 말도 안 되는 멘탈과 퍼포먼스를 보이는 투수를 상정한 대책이었다.

그러니 물론 아쉬움은 있을지라도 지금이 결코 나쁜 상황은 아니었다.

그 말도 안 되는 멘탈과 퍼포먼스를 보여 주던 투수가 결코 정상적인 상태가 아니었으니까.

그러니 어서 그 대책을 꺼내기만 하면 될 뿐이었다.

'늦진 않았어. 오히려 추가타가 더 뼈아플 수 있다.'

그리 뇌까리며, 브루스 보치는 직접 사인을 냈다.

"오케이."

그리고 그 사인에 타석으로 들어서던 남자가 익살스러운 미소를 머금었다.

[나우 배팅, 넘버 48! 파블로 산도발─!]

시련을 겪은 사람에게 흔히들 해 주는 좋은 말들이 있다.

　-비 온 뒤에 땅이 단단해지는 거야.
　-너를 죽일 수 없는 고통은 너를 강하게 만들 뿐이야.

　물론 많은 사람이 결국 크건 작건 찾아왔던 시련을 극복하는 데 성공한다.

　하지만 시련을 극복하고, 그전보다 더욱 단단하고 강해진 자신을 만나기 위해서는 반드시 절대적인 시간이란 놈이 필요하게 마련이다.

　그렇지 않다면 시련이 시련이라 불릴 이유가 없을 테니까.

　"후우……."

　김신에게도 마찬가지였다.

　아무리 그라도 공황이 찾아온 직후 흔들리는 육체와 정신을 완벽하게 가다듬기에 6구라는 시간은 짧았다.

　그러나 부족하지는 않았다.

　꽈악-!

　1구, 1구 던질 때마다 점차 흘러드는.

　그를 응원하고 있는 사람들의 감정을 받아들이기에는.

　그것을 토대로 정신을 일으켜 세우고, 상황을 직시하고,

스스로를 진단하여.

마침내 승리를 향한 길을 머릿속에 떠올리기에는.

'천 리 길도 한 걸음부터.'

홈런? 지운다.

볼넷? 지운다.

김신의 시야가 오직 타석에 선 상대에게 집중됐다.

그의 정보가 김신의 뇌리에 폭발하듯 펼쳐졌다.

파블로 산도발.

몇몇 시즌, 메이저리그 최고의 뚱보라는 오명을 얻을 정도로 자기 관리에 취약한 남자.

선구안과 참을성이 떨어지는 배드 볼 히터.

스위치히터임에도 불구하고 결국 완전 좌타자로 전환했을 정도로 좌완 상대 타율이 좋지 않은 선수.

'하지만 포스트 시즌엔 좀 다르지, 적어도 지금은.'

그러나 파블로 산도발은 2012년과 2014년 포스트 시즌.

한 경기 3홈런을 때려 내고, 5할에 달하는 타율을 기록하며 팀을 두 차례나 월드 시리즈 정상에 올려놓은 남자였고.

적어도 현시점에선 블라디미르 게레로 이후 최고의 배드 볼 히터라 불릴 자격이 있는 타자였다.

정보의 나열 이후.

김신의 머릿속에서 그를 상대할 전략이 세워졌다.

'일단 바깥쪽 빠지는 변화구 위주로.'

볼넷을 더 주더라도 온전치 못한 컨디션으로 섣불리 승부할 순 없다.

조금 피해 가면서 감각을 최대한 조율하고 싸우는 게 옳다.

그런 생각에서 나온 결단이었지만.

"……?"

파블로 산도발의 행태가 그의 결단을 보류하게 했다.

[아, 파블로 산도발 선수, 방망이로 전광판을 가리킵니다. 여기서 예고 홈런인가요?]

거기서 끝이 아니었다.

두 손가락을 세워 자신의 눈과 김신을 번갈아 가리키며 지켜보고 있다는 듯한 제스처를 취하는 파블로 산도발.

이후 어디 몸 쪽 공을 던질 수 있겠냐는 듯 배터 박스에 바짝 붙은 그의 방망이가 건들건들 흔들렸다.

[지금 불필요한 도발은 좋지 않은데요. 김신 선수를 더 흔들어 보겠다는 판단인가요?]

그 정도가 아니었다.

–끊임없이 도발해라! 할 수 있다면 벤치 클리어링을 일으켜라!

정상적인 방법으로 흔들 수 없는 투수라면, 정상적이지 않은 방법으로 흔들겠다는 작전.

샌프란시스코 자이언츠의 사령탑, 브루스 보치가 앙헬 파 간의 선두 타자 홈런부터 시작했으면 좋았을 거라며 아쉬워 했던.

그가 입안하고 파블로 산도발과 다른 몇몇의 자이언츠가 시행하는 작전이 가동되기 시작한 것이었다.

그러나 이제 막 회복하기 시작한 김신의 멘탈에 치명타 를 가하고자 하는 그 의도는 예상과는 다르게 작동하기 시 작했다.

'그렇게 나오시겠다는 거군.'

오히려 평소와 다르기에 더욱 조심스럽고 침착해진 김신 의 두뇌가 즉각 지금의 파블로 산도발에게 꼭 맞는 공을 선 별했다.

[김신 선수, 와인드업!]

가장 좋은 아웃카운트가 무엇이냐는 질문에 대한 답은 여 러 가지다.

먼저, 안전성 측면에서 볼 때 투수가 가장 확실하게 잡을 수 있는 아웃카운트는 삼진이다.

다른 변수가 개입할 여지없이 투수의 역량만으로 마무리 가 가능하니까.

하지만 경제적 측면, 투구 수 측면에서 볼 때 가장 좋은 아웃카운트가 삼진이냐 하면 그건 절대 아니다.

타자를 속이는 건 같지만, 반드시 세 개 이상의 공이 필요한 삼진과 달리 단 하나의 공만으로도 아웃카운트를 잡을 수 있는 방법이 야구에는 있다.

그 방법을 가장 사랑하던 남자의 목소리가 김신의 귓가를 울렸다.

-넌 너무 삼진에 집착하는 경향이 있어. 뭐, 그럴 수 있지. 젊고 체력 짱짱한 스위치피처니까. 근데 말이야. 한 타자한테 세 개의 공을 던지는 건 너무 많지 않냐? 안 그래도 되는데 굳이?

그와 동시에, 김신의 발이 움직이기 시작했다.

[김신 선수, 와인드 업!]

감각은 역시나 완전치 않다.

하지만 어떻게든 존 안으로 꽂아 넣을 정도까지는 됐다.

지금은 그 정도면 충분했다.

"흐읍—!"

기합 소리와 함께 김신의 왼손에서 공이 튀어나왔다.

아웃카운트의 경제성을 역설하던 그 남자가 아주 좋아하던 공이.

'응?'

영상에서 줄기차게 봤던 것과는 조금 다른 듯한 투구 폼에 파블로 산도발은 작은 위화감을 느꼈지만.

쐐액-!

한복판에서 살짝 몸 쪽으로 치우친 정직한 속구.

어쩐지 평소보다 조금 느린 듯한 그 공의 유혹은 강렬했다.

'역시 아직 충격이 남아 있군!'

그런 생각으로 파블로 산도발은 거세게 방망이를 휘돌렸다.

너무나, 안이한 생각이었다.

"으읏!"

그의 데이터에는 없던 구종.

김신이 지금까지 던진 바 없던, 홈플레이트 인근에서 급격히 가라앉는 생소한 구종에 파블로 산도발은 있는 힘껏 스윙 궤적을 조정했으나.

클린 히트를 만들기엔 무리가 있었다.

따악-!

콰앙-!

두 가지 소리가 연이어 그라운드를 울렸다.

[크게 튀어오릅니다!]

방망이 하단부에 맞고 크게 바운드를 일으킨 공이 마땅히 그 공을 잡아야 할 사내에게로 향했다.

가장 경제적인 아운카운트를 잡는 데 필수적인 역할.

뉴욕 양키스의 내야를 지배하는 유격수에게로.

[데릭 지터!]

그 순간, 또 하나의 가능성이 발아했다.

1구 만에 만들 수 있는 가장 경제적인 아운카운트의 또 다른 가능성.

단 한 개의 화살로 두 마리 토끼를 동시에 꿰뚫을 수 있는 극한의 효율이.

[2루에서 포스 아웃! 엇, 위험한 장면…… 1루 송구!]

주자 마르코 스쿠타로는 벤치의 지시에 따라 교묘한 수비 방해를 펼쳤고.

파블로 산도발은 육중한 거체를 연신 채찍질해 질풍같이 내달렸지만.

뻐엉-!

노련한 양키스의 캡틴을 막기에는 역부족이었다.

"아웃!"

호언장담한 대로. 데릭 지터가 자신의 역할을 충실하게 수행했다.

[왓 어 더블플레이! 데릭 지터의 환상적인 플레이가 나왔습니다! 투 아웃!]

[아웃이 됐으니 망정이지, 자칫하면 논란이 될 만한 장면이었습니다.

마르코 스쿠타로 선수의 발이 높았어요.]

[예, 하지만 데릭 지터 선수가 역시 노련했습니다. 한 발 앞으로 나오면서 정확한 송구를 뿌렸어요.]

그러나 관중들의 박수와 해설진의 칭찬을 한 몸에 받는 그 남자는 오히려 질렸다는 듯 마운드의 투수를 바라봤다.

'이 자식 정말…….'

투수 바로 뒤에서 흰색 선을 바라볼 수 있는 유격수였기에 확신할 수 있는 사실.

'구종이 더 있었어? 그걸 여기서 꺼내?'

포심, 슬라이더, 커브, 체인지업과는 다른 무언가.

김신이 지금까지 보여 준 적 없던 새로운 구종을 꺼내 들었다는 사실을 눈치챈 데릭 지터가 어이없다는 듯 미소 지었다.

'투심? 싱커? 뭐였지?'

그 미소와, 훨씬 안정된 모습으로 감사를 표하는 김신의 시선이 교차할 무렵.

리플레이 영상을 보던 해설진 또한 뭔가 다르다는 것을 눈치챘다.

[어…… 아무리 봐도 좀 이상한데요? 커브는 당연히 아니고, 체인지업도 아닙니다. 이건 마치…… 종슬라이더 같은데요?]

[음, 종슬라이더라기보다는 싱커로 보이는데요. 아니, 투심……? 애매합니다. 그러나 확실히 지금까지 보여 줬던 구종은 아닌 거 같습니다. 허

허, 거참. 여기서 새로운 무기를 꺼내 드나요, 김신 선수?]

[와우! 그게 맞다면 정말 놀라운 사실입니다!]

다시 한번 양키 스타디움의 모든 시선을 독차지한 남자가 태연하게 공을 받았다.

뻐엉-!

[나우 배팅, 넘버 28! 버스터-! 포자-!]

마치 그가 원래 그랬던 것처럼.

사실 구종의 판별은 전문가들로서도 애매한 부분이 있다.

던지는 투수에 따라 무브먼트가 달라질 수밖에 없기 때문인데.

그로 인해 누군가의 슬라이더는 커터라고 불리기도 하며.

누군가의 커브는 아예 슬러브라는 다른 명칭으로 불리기도 한다.

당연히 데이터가 쌓일수록 좀 더 정확한 판단이 가능하긴 하지만, 그전까지는 투수의 말이 진리가 될 수밖에 없는 노릇.

그런 의미에서, 김신의 구종은.

'생각보다 너무 꺾였어.'

언젠가 그렉 매덕스의 입에 파리 통로를 만들었던 구종.

왼손의 구속을 잃고 수많은 차선책을 모색하던 그가 연마했던 구종.

두 개의 솔기(Two-seam)를 잡고 던지는 공, 투심 패스트볼이었다.

홈플레이트 인근에서 떨어지는 그 공이 김신의 정상적이지 못한 컨디션과 맞물려 더욱 큰 낙폭을 보이면서.

전문가들의 판단에 애로사항을 꽃피우고 있었다.

'뭐, 잡았으니까 됐지. 오히려 더 좋은 측면도 있고.'

그리고 그 헷갈림은 샌프란시스코 자이언츠 선수들 또한 다르지 않을 것이며.

비록 자세히 보면 투구 폼도 다르고 쿠세도 있긴 하지만 웬만한 타자는 한 경기만으로 공략하기 어렵다는 것 또한 김신은 충분히 인지하고 있었다.

그러나.

'그래도 바꿔야지.'

김신은 그 공을 다시 던진다는 선택지를 과감히 포기했다.

자신감 넘치는 표정으로 타석에 선 저 남자는 웬만한 타자가 아니었으니까.

[나우 배팅, 넘버 28! 버스터ー! 포지ー!]

버스터 포지.

신이 설계한 포수라 불리던 조 마우어의 자리를 강탈하는데 성공한 찬탈자.

수 싸움에 능하다는 포수 중에서도 최고라 불리는 남자.

그라면 한 타석만으로도 위험할 수 있었다.

그래서 김신은 오른손을 들어 올렸다.

[우완! 버스터 포지 선수를 상대로 우완 언더핸드를 선택하는 김신 선수!]

적어도 이번 이닝만큼은 우완을 꺼낼 수 없으리라 여겼던 샌프란시스코 자이언츠의 감독, 브루스 보치의 예상을 깨부수는 결과.

'오호.'

같은 예측을 했던 버스터 포지는 살짝 놀라긴 했지만 이내 단단히 자세를 잡았다.

어차피 오늘 경기에서 정상적인 김신조차 두드리려고 했던 남자가 바로 그였으니까.

'조심할 건 슬라이더 정도인가.'

그런 그를 향해 김신의 도전장이 날아들었다.

[김신 선수, 제1구!]

뻐엉-!

바깥쪽으로 아슬아슬하게 빠지는 포심 패스트볼.

그 궤적이 버스터 포지의 뇌리에 선명한 잔향을 남길 찰나, 지체 없이 김신의 오른손이 움직였다.

'응?'

그 모습에 버스터 포지는.

방금 전 파블로 산도발이 느꼈던 위화감을 똑같이 느꼈지만.

"흐읏-!"

　안타깝게도, 파블로 산도발과 같은 판단을 했다.

　초구보다 확연히 존 안으로 치우친, 흡사한 궤적의 그 공이 너무나 매력적이었으니까.

　그리고 결과 또한 같았다.

　버스터 포지의 생각보다, 김신이라는 투수는 더욱 많은 것을 할 수 있는 남자였다.

　따악-!

　버스터 포지와 샌프란시스코 자이언츠의 데이터베이스에는 없는 또 하나의 구종.

　몸 쪽 대각선으로 슬쩍 떨어져 내리는 공이 버스터 포지의 방망이를 희롱했다.

　[먹힌 타구! 2루수 정면! 매니 마차도 가볍게 1루로! 아웃입니다! 스리 아웃!]

　투심과 같은 단점을 가지고 있지만.

　투심과 같은 장점 또한 가지고 있는 공.

　[체인지업이에요! 이건 확실합니다! 우완 체인지업! 언빌리버블! 언빌리버블 피칭입니다!]

　김신이 오늘 경기에서 최초로 구사한 두 번째 구종이 그에게 조금의 시간을 선사했다.

"넌 진짜 미친놈이야."

데릭 지터가 언젠가와 같은 평을 입에 담았다.

[웰컴 투 월드시리즈! 1회 말, 뉴욕 양키스의 공격으로 다시 찾아뵙습니다!]

무사 1루에서 3구 만에 끝나 버린 1회 초.

벤치 클리어링 작전을 제대로 시작조차 해 보지 못한 브루스 보치 감독의 안타까움을 뒤로한 채 1회 말 뉴욕 양키스의 공격이 시작되었다.

경기가 재개되기를 기다렸다는 듯 해설진의 열변이 튀어나왔다.

[1회 초밖에 진행되지 않았는데 정말 많은 일이 있었죠?]

[그렇습니다. 김신 선수가 선두 타자 홈런을 맞은 것도 그렇고, 흔들리는 듯한 모습을 보인 것도 있지마는…… 이후 더 놀라운 모습을 보여 줬습니다.]

[월드 시리즈에서 새 구종을 구사할 거라고 누가 예상이나 했겠습니까. 그것도 두 개나요.]

[예. 좌완으로 던졌던 건 투심인지 싱커인지 혹은 실투였는지 정확히 모르겠습니다만, 우완 체인지업은 확실합니다. 정말 말도 안 되는 일이에요! 이렇게 되면 샌프란시스코 자이언츠는 머리가 복잡할 수밖에 없

죠. 갑자기 대처해야 할 구종이 두 개, 아니, 최대한 긍정적으로 봐도 최소 한 개는 늘어난 거니까요.]

[10년이 넘게 중계를 했지만 정말 처음 보는 일입니다. 월드 시리즈 1차전에서, 선발투수가 새로운 구종을 구사하다니요. 하하, 저까지 흥분되는데요?]

그러나 다음 순간, 그들은 눈과 귀와 입을 모조리 한 남자에게 집중할 수밖에 없었다.

[나우 배팅, 넘버2! 데릭, 지터.]

해야 할 때마다 반드시 해 주는 남자.

양키스의 캡틴, 데릭 지터가 화면에 등장했으니까.

[데릭 지터! 1회 초에 환상적인 더블플레이로 팀을 위기에서 구해 낸 바 있습니다. 과연 방망이는 어떨지요!]

물 흐르듯이 루틴을 행하며, 데릭 지터가 마운드에 선 팀 린스컴을 응시했다.

'제법 괜찮은 눈을 가졌어.'

팀 린스컴.

이번 시즌, 역동적인 투구 폼과 신체적 한계 때문에 롱런하지 못할 거라던 호사가들의 예견처럼 심각한 부진을 겪었으나.

가장 중요한 시즌 막판에 기어코 반등하여 팀에 이바지했던 남자.

데뷔 이후 시종일관 에이스로 군림했으니 자존심을 세울

법도 한데, 포스트 시즌 불펜 출전이라는 현실을 맞닥뜨리고 도 묵묵히 최선을 다해 헌신한 사나이.

만약 올해 샌프란시스코 자이언츠가 왕좌에 앉는다면, 그 드라마의 주연이라 할 만한 선수를 향해 데릭 지터가 소소한 유감을 전했다.

'미안하지만, 올해의 주인공은 우리다.'

그리고 언제나 자신의 말을 지켜 온 남자가 방망이를 멈춰 세웠다.

뻐엉-!

[초구는 바깥쪽 볼. 데릭 지터 선수가 잘 골라냈습니다.]

샌프란시스코 자이언츠가 아니라 뉴욕 양키스가 주인공이 되는 드라마를 쓰기 위해.

따악-!

[1루 쪽! 벗어납니다. 파울!]

새로이 주연으로 합류한 블루칩에게 조금의 시간을 더 벌어 주기 위해.

따악-!

[다시 파울!]

오랫동안 주연 자리를 독차지했던 국민 타자의 눈동자가 연신 번뜩였다.

뻐엉-!

솔선수범(率先垂範).

때로는 백 마디 말보다 한 번의 행동이 효과가 있을 때가 있다.

1회 말, 1-0 상황.

데릭 지터의 모습이 바로 그러했다.

뻐엉-!

"스트라이크아웃!"

[삼진! 팀 린스컴 선수가 어려운 타자를 잘 돌려세웠습니다.]

홈런도, 안타도, 볼넷으로 인한 출루도 아닌 삼진 아웃.

하지만 9구까지 승부를 끌고 가며 안간힘을 쓴 데릭 지터의 행동은 뒤 순번 타자들에게 많은 것을 시사했다.

먼저 그 의지를 이어받은 것은 브렛 가드너였다.

'패스트볼 커맨드가 영 흔들리는군.'

명실상부 전통적인 테이블세터의 두 가지 능력을 출중히 겸비한 남자, 브렛 가드너.

그 첫 번째 재능, 눈이 맑게 빛났다.

뻐엉-!

[이번에도 초구는 볼입니다. 팀 린스컴 선수가 신중히 승부하네요.]

비록 이번 시즌 내내 붙어 다닌 동갑내기 외야수가 워낙 선구안이 뛰어난 탓에 묻히는 감이 없지 않지만, 그의 눈은 중압감과 부진으로 커맨드가 흔들리는 선발 투수의 공을 골라내기에 부족하지 않았다.

뻐엉-!

볼, 볼, 파울, 볼, 스트라이크, 그리고 볼.

6구, 풀카운트 승부 끝에 브렛 가드너의 발이 1루에 닿았다.

그린 라이트.

팀으로부터 도루에 대한 자유권을 획득한 남자의 발이.

그리고.

"헤이, 가디. 이거 필요하지?"

"물론이죠, 코치."

코치의 손에서 브렛 가드너가 최초로 고안해 낸 장비가 건네졌다.

도루 중 필연적으로 발생하는 손가락 부상을 최소화하는, 우스꽝스럽지만 앞으로 많은 그린 라이트 오너들의 필수품이 될 그 장비가.

스윽-.

능숙하게 벙어리장갑을 낀 브렛 가드너가 자신의 두 번째 재능이자, 가장 빛나는 재능을 발휘하기 위한 준비를 끝마쳤다.

전통적인 테이블세터에게 요구되는 두 가지 재능 중 나머지 하나.

빠른 발.

[팀 린스컴, 초구!]

지금 타석에 선 양키스의 3번 타자, 양키 스타디움의 반대편 외야를 책임지는 남자보다 확연히 뛰어난 그 빠른 발이 힘차게 그라운드를 갈랐다.

[주자 뜁니다!]

마운드에는 1루를 바라볼 수 없는 우투수.

루상에는 이번 시즌 50도루를 달성한 준족.

타석에는 그 준족의 도루를 항상 보좌했던 서포터.

뻐엉-!

"세이프!"

버스터 포지의 송구를 뚫으며 브렛 가드너의 발이 손쉽게 2루를 훔쳤다.

[브렛 가드너의 도루 성공! 이번 시즌 51도루를 기록한 선수답게 아주 깔끔한 도루였습니다.]

[양키스의 필승 공식 중 하나가 나오네요. 브렛 가드너 선수의 출루와 도루, 득점권 상황에서 이어지는 후속타.]

유니폼에 묻은 흙을 털며 보내오는 익숙한 눈빛에, 양키스 1번 필승 공식의 중추를 맡아 온 남자가 이죽거렸다.

'안 그래도 할 거라고.'

그의 이름은.

[카운트 0-1. 팀 린스컴, 계속해서 추신서 선수를 상대합니다.]

추신서.

양키스에서 유일하게 김신과 같은 국적을 가진 사나이.

다음 순간. 선구안과 함께 추신서가 2루에 있는 친구보다 뛰어나다 평가받는 또 하나의 무기가 번뜩였다.

따악-!

[쳤습니다! 우측!]

1루수 브랜던 벨트의 글러브를 피해 페어 지역에 떨어진 공이 쏜살같이 파울 지역으로 향하고.

우익수 헌터 펜스가 부리나케 달리는 동안 양키스의 두 스프린터가 가속했다.

[2루 주자 홈-인!]

맞자마자 달려 나간 브렛 가드너는 이미 홈플레이트를 밟았다.

득점권인 2루에 무사히 입성하는 건 기정사실이다.

하지만 추신서의 발은 멈추지 않았다.

"후욱……!"

[주자 2루 돌아 3루로-! 우익수 송구!]

그가 바라보는 건 희생플라이 하나로도 득점이 가능한 최고의 위치.

홈런보다도 기록하기 어렵다는 장타 중의 장타.

좌악-!

브렛 가드너의 것에는 비하기 어렵지만, 한 시즌 20도루를 거뜬히 해내는 치타의 발이 힘차게 미끄러졌다.

뻐엉-!

[세이프! 세이프입니다! 추신서 선수의 1타점 적시 3루타! 곧바로 승부를 원점으로 돌려놓는 뉴욕 양키스!]

[문제는 아직도 끝이 아니란 거죠. 이제 양키스의 클린업, 커티스 그랜더슨 선수와 게리 산체스 선수로 이어지거든요? 이래서 양키스가 시즌 최다 승을 한 겁니다. 거를 타선이 없어요!]

"이 정도면 충분하지?"

더그아웃을 바라보며 뇌까린 추신서의 말이 흩어지기도 전에.

따악-!

[높이 뜹니다-!]

다른 핀 스트라이프들이 그 전언의 송신자를 위해 시간을 추가했다.

◉

2-1.

추신서와 게리 산체스의 적시타를 앞세운 양키스는 1회 말에 소중한 역전 득점을 기록했다.

하지만 팬들은 그에 만족하지 못했다.

"이런 젠장, 테세이라 놈은 요즘 갑자기 왜 저러는 거야?"

"그랜더슨은 어떻고! 또 침묵하냐, 또!"

포스트 시즌 내내 부진하고 있는 커티스 그랜더슨과 마크 테세이라 탓에 아예 가져올 수도 있는 경기가 비벼지게 됐으니까.

무려 2사 만루까지 만들었던 기회가 허무히 날아가 버렸으니 화를 내지 않을 수 없는 노릇이었다.

뻐엉ㅡ!

하지만 괜찮았다.

9명이 유기적으로 움직여야 하는 합동 작전이 야구이지만, 그렇다고 야구가 한두 부품의 결함만으로 작동이 불가능한 기계는 또 아닌바.

뻐엉ㅡ!

어떻게든 작동만 가능하다면 S급 생산품을 찍어 낼 수 있는 숙련된 기술공이 양키스에는 있었다.

뻐엉ㅡ!

6명의 야수가 벌어다 준 시간으로 완벽히 본래의 모습을 회복한 언터처블이.

[삼진! 완벽히 살아난 모습입니다. 김신 선수! 언제 흔들렸냐는 듯 다시금 압도적인 투구를 펼치고 있습니다!]

2회, 그리고 3회.

이제는 사용할 필요도 없었지만 무라도 베겠다는 듯 간간이 튀어나오는 신무기와 여전히 강력한 구무기의 조화에

샌프란시스코 자이언츠 타선은 속수무책으로 제 목을 내주
었고.

따악–!

[스즈키 이치로! 하하, 이 선수 정말 여전하군요. 완전히 빠지는 공이
었는데 안타로 연결합니다!]

점수를 등에 업은 양키스의 '핵타선'은 자신들이 가장 잘하
던 것을 반복했다.

3–1.

4–1.

꾸준히 기울어 가는 샌프란시스코 자이언츠라는 배의 모
습에 그 선장, 브루스 보치가 입술을 질끈 깨물었다.

생각은 했지만 하기는 싫었던 일.

그걸 지시하기 위해 그 입술이 열렸다.

"몸 쪽으로 승부하라고 해."

"······알겠습니다."

"할 거면 어설프게 하지 말고 타이트하게 붙여."

"예."

사실 투수를 도발하기란 매우 어려운 일이다.

언제라도 빈볼을 던져 위협할 수 있는 타자와 달리 투수는
일단 방망이에 공을 맞추거나, 그게 어렵다면 출루라도 해야
했으니까.

그러나 그 말 그대로, 타자를 도발하기란 위협적인 몸 쪽

승부 정도로도 해낼 수 있는 매우 간단한 일.

본디 부상에 대한 위험성, 스포츠맨십에 대한 논란, 같은 업계에 종사하는 동료들에 대한 도의, 팀 린스컴에 대한 존중 따위가 그 앞을 가로막고 있었지만.

이제는 더 이상 좌시할 수 없었다.

그때부터였다.

뻐엉—!

"허억!"

팀 린스컴이 표정을 숨기고 힛 바이 피치 볼을 불사하는 타이트한 몸 쪽 승부를 펼치기 시작한 것은.

뻐엉—!

"우우우우우우—!"

"이게 뭐 하는 거냐 샌프란시스코 개자식들아!"

[아, 위험한 상황이 연속적으로 연출되고 있습니다. 제구가 불안정한데 이렇게 몸 쪽 승부를 고집하는 건 무리수가 아닌지요!]

[아무리 월드 시리즈라도 이건 스포츠맨십의 문제입니다. 동업자 정신을 발휘해야 해요!]

해설진조차 중립을 깨고 성토할 정도의 노골적인 도발.

같이 진흙탕으로 굴러 들어가자 외치는 그 행태에 양키스 선수들은 당연히 분노했지만.

"이런 씨……."

"참아라! 대응하지 마!"

조 지라디 감독의 제지가 그들을 멈춰 세웠다.

"……?"

"일단 오늘은 방망이로만 대응해!"

이기고 있는 팀의, 전력상 우위를 가진 팀의 수장으로서 내린 보수적인 판단이었다.

맞보복구를 통한 벤치 클리어링?

할 수는 있지만 그랬다가 선수들이, 특히 대체 불가능한 주전 중 몇 명이 퇴장당하는 순간 경기가 이상해질 수 있다.

한두 부품의 결함 정도는 넘어갈 수 있지만 서너 부품의 결함은 기계의 작동 자체를 불가하게 하니까.

양키스의 뎁스 상태는 충분히 그러고도 남았다.

조 지라디는 이기고 있는 상황에서, 월드 시리즈 1차전에서 그런 위험 부담을 감수하고 싶지 않았다.

'아무리 더러운 놈들이라도 이걸 계속하진 못할 거다.'

또한 피차 여론을 의식할 수밖에 없는 상황에서 이렇게 노골적인 도발을 지속하진 못하리란 판단이었다.

물론.

뻐억-!

"끄윽-!"

결국 핀 스트라이프의 고통 섞인 외침에는 참을 수 없었지만.

[아, 결국 일이 터집니다! 조시 도널드슨, 괴로워합니다! 양 팀 선수들

그라운드로 쏟아져 나옵니다!]

"Son of bitch-!"

하지만 거기까지였다.

더 이상 했다간 살아서 양키 스타디움을 빠져나갈 수 없다는 걸 깨달은 건지, 샌프란시스코 자이언츠의 감독 브루스 보치가 직접 나서서 사과를 했고.

[다시 돌려 보죠. 에…… 그래도 다행입니다. 엉덩이 부위에 잘 맞았어요. 이 정도면 아마 큰 문제는 없을 겁니다.]

조시 도널드슨이 큰 문제없이 경기에 계속 뛸 수 있다는 사실이 전해진 데다, 브루스 보치 감독의 다독임을 받은 자이언츠 선수들이 조신하게 행동하면서.

뻐억-!

"끄읍."

[역시 보복구가 나옵니다. 다만 김신 선수도 힘을 많이 뺐군요.]

[100마일을 그대로 맞으면 어디 하나 부러지지 않겠습니까? 그대로 던질 수야 없죠.]

조 지라디는 약간의 찜찜함은 느꼈으나 김신에게 가벼운 보복구를 하나 지시하는 걸로 사태를 일단락했다.

아니, 일단락했다고 생각했다.

그러나.

'오늘은 여기까지.'

브루스 보치의 냉혹한 눈은 이제 다 져 가는 태양으로 향했다.

그다음부터는 그야말로 김신의 독무대였다.

따악—!

[좌측 담장, 좌측 담장, 좌측 담장…… 넘어갑니다—! 버스터 포지의 추격포! 7-3! 샌프란시스코 자이언츠가 두 점을 따라붙습니다!]

비록 기어코 투구폼을 분석해 낸 버스터 포지에게 일격을 맞긴 했지만, 시종일관 샌프란시스코 자이언츠를 압도하는 투구를 펼친 끝에.

뻐엉—!

[경기 끝났습니다! 8-3! 월드 시리즈 1차전에서 양키스가 먼저 웃습니다! 자이언츠가 홈런 두 방으로 분위기를 냈지만 결국 양키 스타디움에 깃발을 꼽기엔 역부족이었습니다!]

김신은 3실점 완투로 생애 첫 월드 시리즈에서 승리를 거머쥐었다.

승리라는 단 하나의 정답은 대부분의 부정적 감정을 지워 내기에 충분했고.

흔들리긴 했지만 극복해 냈다.

앞으로 이 경험을 바탕으로 더욱 단단해질 수 있다.

그리 생각한 김신은 기분 좋게 승리를 즐겼다.

"음…… 미안하지만 내가 제대로 못 들어서 그런데, 그때 뭐라고 했는지 말해 주면 안 돼?"

"응, 안 돼. 잘 생각해 보세요~."

그러나 김신이 캐서린과 알콩달콩 행복한 투닥거림을 한 다음 날.

뉴욕 양키스와 샌프란시스코 자이언츠의 월드 시리즈 2차전.

뻐억-!

"What the fuck!"

"이거 한번 해보자는 거지?"

선명한 피육음과 함께, 시리즈가 진흙탕 속으로 빠져들기 시작했다.

월드 시리즈라는 야구인 최대의 축제가 으레 그렇겠지만.

뉴욕 양키스와 샌프란시스코 자이언츠의 월드 시리즈 1차전은 여러 화제를 낳았다.

　〈김신의 포스트 시즌 무실점 17이닝에서 종료!〉
　〈월드 시리즈는 역시 월드 시리즈! 선두 타자 홈런에 흔들린 김신!〉

―아니, 얘도 당연히 사람이지. 거기서까지 안 흔들리면 사람
아님.

　―응, 사람 아닌 거 맞음. 어쨌든 또 이겼잖음?

　―흔들린 게 26이닝 3실점. 방어율 1.04임 ㅋㅋ 포시에서 ㅋㅋㅋ
ㅋㅋㅋㅋ 사람 아닌 거 맞지.

디비전 시리즈에서 6이닝 무실점.

챔피언십 시리즈에서는 저스틴 벌랜더와의 명승부로 11이
닝 무실점.

무실점 투구를 펼치던 김신의 3실점도 충분히 화제가 되
었으나.

정말로 팬들의 갑론을박을 이끌어 낸 건 샌프란시스코 자
이언츠의 태도였다.

　〈샌프란시스코 자이언츠는 시비 걸 기회만 기다리는 불리
(Bully) 같았다〉

　―ㅇㅈ. 스포츠맨십이라곤 없는 새끼들; 수단 방법 안 가리고 우
승만 하면 된다 이거야?

　└우승만 하면 되지. 솔직히 결국 빈볼도 하나 아님?

　└그게 양키스가 잘 피한 거지 자이언츠가 잘한 거냐? 미친놈일
세.

ㅡ결국 조시 도널드슨 맞출 때는 진짜 미친놈들인가 싶었다. 상 도덕이란 게 있어야지, 상도덕이.

ㄴ빈볼만이 아니라니까. 파블로 산도발이나 마르코 스쿠타로 이런 애들도 요소요소에서 비매너짓 열심히 함.

ㄴ양키스 병신들이 샌님같이 응징도 안 하고 처자빠져 있으니까 그렇지 ㅋㅋㅋㅋ 애초에 바로 보복했으면 그러겠음?

ㄴ김신 보복구 던졌는데?

ㄴ벤클 다 끝나고 형식상 던진 게 무슨 보복구냐? 말이 되는 소리를 해라. 선수 보호를 위해서라도 양키스에서도 터프하게 나갈 필요가 있었던 건 맞음.

ㅡ정면 승부로는 안 되니까 꼼수 쓰기는 ㅉㅉ.

ㄴ꼼수 쓰는데 그대로 당하는 것도 영.

비단 위협구나 빈볼뿐 아니라 경기 초반부터 보여 줬던 투수 도발, 수비 방해, 주루 방해 등 많은 것이 팬들의 분석 아래 수면 위로 드러나면서.

한국은 당연했지만 미국에서도 지난 텍사스 레인저스의 감독, 론 워싱턴이 행한 위장 선발 때와는 달리 샌프란시스코 자이언츠를 비난하는 목소리가 높아졌다.

하지만 반대로 그에 대처하는 양키스의 태도가 문제를 더 키웠다는 지적도 많았다.

언제나와 같이 일어나자마자 기사들을 확인한 어제의 선

발투수가 고개를 끄덕였다.

"뭐…… 감독님이 좀 사리긴 하셨지."

미식축구에 열광하는 걸 보면 알 수 있듯이, 스포츠맨십도 스포츠맨십이지만 거친 야수성과 결코 호락호락 당하지 않는다는 투쟁심을 보여 주는 것도 미국 팬들에게 꼭 필요한바.

그런 의미에서 어제 조 지라디 감독의 선택은 팬들의 질타를 받을 수밖에 없었다.

물론 김신은 조 지라디의 판단을 존중했다.

"이겼으면 됐지."

조 지라디의 판단에 대한 평가는 그 결과가 승리라는 것으로 충분했으니까.

문제는 그다음.

'자이언츠 놈들이 또 위협구를 던지고, 벤치 클리어링이 또 발발하면 경기가 이상해지는데…….'

아무리 전력상 우위를 차지하고 있다지만 무슨 일이 벌어질지 모르는 것이 월드 시리즈다.

특히나 조시 도널드슨, 게리 산체스, 매니 마차도 등 포스트 시즌에서 미친 타격감을 자랑하던 선수들이 모두 루키이며, 한 성격 한다는 것을 생각했을 때 양키스에게 과열된 경기 양상은 결코 좋지 못했다.

그러나 조 지라디가 느꼈던 것과 비슷한 찜찜함을 느끼며

출근한 김신은 그 찝찝함보다 자신을 맞이하는 짓궂은 남정네들을 먼저 상대해야 했다.

[아르민 여사가 널 많이 사랑하더라. 잘해 줘라.]

육성이 아닌 문자로 날아온 아버지, 김성욱 교수의 전언부터.

"사람이냐, 외계인이냐. 그것이 문제로다."

"……? 그게 무슨 말씀이십니까?"

"됐어, 자식아. 투심이라고 했지? 마스터한테 배운 거냐?"

"예, 뭐…….."

"능구렁이 같은 자식."

고개를 저으며 사라져 가는 데릭 지터.

"이봐 킴, 추나 휴즈한테는 센빠이라고 부른다면서? 나는 왜 미스터 가드너인데?"

"……앞으로 선배라고 불러 드릴까요?"

어디서 들었는지 잘못된 발음으로 선배를 언급하는 브렛 가드너.

"나한테는 전달했어야지! 깜짝 놀랐잖아!"

"그렇게 됐다."

"언제부터 익힌 건데? 연습하는 거 본 적이 없는데?"

"그렇게 됐다."

"아오, 이런 자식한테 낯간지러운 말이나 해 댔다니. 입이 웬수다, 웬수."

"그래, 웬수야. 오늘 혹시 모르니까 몸조심해라."

"무슨 소릴. 오늘 자이언츠 놈들이 또 그러면 내 주먹이 가만있지 않으리."

"그러다 처맞아서 울지 말고 사리기나 해."

"이 자식이? 형한테 좀 맞아 볼래?"

어제 김신이 갑작스레 꺼냈던 신무기에 대한 놀람을 표현해 오는 게리 산체스까지.

주먹을 들어 보이는 산체스에게 당부해 두긴 했지만, 김신의 찜찜함은 그를 제외한 핀스트라이프들이 경기 준비를 위해 각자 위치로 사라진 다음에도 계속됐다.

"음⋯⋯."

그러나 시간이 흘러 경기가 시작될 때까지도 해소되지 않는 그 직감과도 같은 느낌에 김신이 결국 조시 도널드슨과 매니 마차도에게도 당부를 하기 위해 일어선 순간.

뻐억-!

여린 살가죽과 단단한 공이 만나는 섬뜩한 소리와 함께.

"What the fuck!"

"Son of bitch!"

사태는 이미 걷잡을 수 없이 번지고 있었다.

[이게 무슨 일인가요! 데릭 지터! 데릭 지터가 공에 맞았습니다!]

쓰러지는 연인의 모습에, 양키 스타디움이 폭발했다.

역린(逆鱗).

용의 목 아래에 단 하나 거꾸로 돋아 있는 비늘.

건드리면 반드시 날뛸 수밖에 없는 급소.

상상의 동물인 용뿐 아니라 사람에게도, 조직에게도 역린이란 언제나 존재한다.

이미 지난 경기 벤치 클리어링을 겪은 상황에서 팀의 상징인 데릭 지터가 초구부터 빈볼을 맞아 쓰러졌다는 사실은 뉴욕 양키스를 사랑하는 사람들의 역린을 건드린 것과 마찬가지였다.

"이 개자식들!"

"나가! 조져 버려!"

투수의 손에서 공이 빠졌을 수도 있다는 평범한 가능성은 그들의 머릿속에서 사라지고.

"우우우우우우-!"

관중들의 압도적인 야유를 등에 업은 핀스트라이프들이 나는 듯이 그라운드로 뛰쳐나갔다.

그 선두에 있는 것은 어제 경기 이미 빈볼을 맞은 바 있는 열혈남아, 조시 도널드슨.

"뒈져!"

콰앙-!

투수에게 달려들던 조시 도널드슨이 투수를 보호하고자 달려온 유격수 브랜든 크로포드의 태클에 바닥에 깔리면서.

상황은 그야말로 일파만파 통제를 벗어났다.

"What the……?"

사실 샌프란시스코 자이언츠 감독인 브루스 보치로서도 억울한 면이 없는 건 아니었다.

몇몇 선수들에게 지시하기도 했고 벤치 클리어링을 일으키려 한 건 맞았지만 그걸 1회 초, 그것도 데릭 지터라는 뉴욕의 상징을 상대로 생각했던 건 아니었으니까.

하지만 의도했든 의도하지 않았든 사태는 이미 벌어졌고, 지시받았든 사정을 모르든 샌프란시스코 자이언츠 선수들 또한 이미 모두 벤치 클리어링에 가담한 상황.

뻐억-!

콰앙-!

격렬한 주먹질과 태클의 향연이 그라운드에 펼쳐졌다.

"끄윽-!"

방망이는 준수하지만 주먹질엔 영 재능이 없는 남자, 조시 도널드슨은 마운드 근처에서 다수의 선수에게 깔린 채 고통을 호소했고.

"덤벼!"

뻐억-!

게리 산체스는 김신에게 호언장담한 대로 자신의 주먹을

가만 놀리지 않았다.

그 총체적 난국을 해결한 것은.

"STOP!"

사건의 발단이 되었던 뉴욕의 왕이었다.

"당장 멈춰!"

실밥까지 선명히 남을 등의 격통을 참아 내며 외친 그 소리가 점차 선수들의 귓가를 장악하고.

"후욱, 후욱……."

팀을 떠나 메이저리거라면 존경할 수밖에 없는 남자의 호통이 점차 선수들의 주먹을 느리게 하면서.

"물러서! 물러서!"

"돌아가!"

마침내 심판들의 노고가 사태를 종결짓는 데에 성공했다.

하지만 심각한 부상을 초래할 만한 무기나 날카로운 스파이크가 달려 있는 발은 사용하지 않았음에도 이미 그라운드엔 유혈이 낭자했고.

그 결과는 당연히 퇴장이었다.

[역시 양 팀에서 퇴장자가 다수 발생했습니다. 뉴욕 양키스의 조시 도널드슨, 게리 산체스, 브렛 가드너. 샌프란시스코 자이언츠의 브랜든 크로포드, 헌터 펜스, 파블로 산도발이 퇴장당합니다.]

난투극을 지켜보며 분노를 불태우던 양키스 팬들이 고개를 갸웃했다.

―잠깐, 이러면 우리가 이득 아님? 쟤네가 더 손실이 큰 거 같은데.

　―그러게? 3루는 누네즈나 닉스로 메꾸고 러셀 마틴 나오고 닉스 위셔로 외야 채우면 별로 타격 없는데?

　―타격이야 당연히 있는데 저쪽이 더 큼. 파블로 산도발, 헌터 펜스면 클린업이 날아간 거고 내야의 핵이 퇴장당했잖아.

　언뜻 보기엔 양키스의 이득으로 끝난 것 같던 벤치 클리어링.

　하지만 샌프란시스코 자이언츠엔 이 남자가 있었다.

　뻐엉―!

　[매디슨 범가너―!]

　원래 역사에서 '최고의 빅게임 피처'라 불렸던 가을 남자, 매디슨 범가너.

　따악―!

　[2루수 정면! 2루에서 아웃! 1루에서도…… 아웃입니다! 에두아르도 누네즈의 병살타!]

　그의 호투가 헐거워진 뉴욕 양키스의 체인을 조각조각 끊어 냈다.

　"젠장."

　조 지라디 감독의 걱정이 현실화됐다.

　뻐엉―!

[볼 게임 이즈 오버! 샌프란시스코 자이언츠가 4-3 신승을 거두면서, 시리즈를 원점으로 되돌립니다! 이제 경기는 샌프란시스코! AT&T 파크로 향합니다!]

[이거 오늘 밤 상당히 시끄럽겠네요.]

　　　　　　　　　◎

경기 직후 진행된 기자회견.

"전혀 의도한 바가 아닙니다. 그저 있을 수 있는 실수였습니다. 월드 시리즈 아닙니까. 데릭 지터 선수와 같은 레전드를 첫 상대로 만났는데, 긴장한 투수의 손에서 공이 빠지는 건 있을 수 있는 일이죠. 물론 그렇다고 아무런 책임이 없다는 건 아닙니다. 감독으로서 1, 2차전에서 모두 벤치 클리어링이 벌어졌다는 데 대해 책임을 통감합니다. 사무국의 어떤 조치도 달게 받아들이겠습니다."

샌프란시스코 자이언츠의 감독, 브루스 보치의 발언은 안 그래도 극대노 상태였던 양키스 팬들에게 기름을 붓기에 충분했다.

–이런 개자식! 야구를 망치는 더러운 새끼!

–어떻게 저렇게 뻔뻔하냐?

–이건 무조건 징계 줘야 된다. 1차전에서 그렇게 노골적으로 도

발했는데 모르쇠? 말도 안 되지. 출전 정지해라!

하지만 메이저리그 사무국의 판단은 양키스 팬들의 기대
와 달랐다.

〈사무국, 월드 시리즈 양 구단에 엄중 경고!〉
〈다시 한번 벤치 클리어링 발발 시 중징계 예고!〉
〈고의적인 빈볼 등 선수의 부상을 야기할 만한 행위 좌시하
지 않을 것!〉

엄중 경고.
실제 조치는 아무것도 취해지지 않은, 말뿐인 경고.
흥행만을 위한 판단.
"그럼 그렇지."
버드 셀릭 커미셔너의 성향을 꿰뚫고 있던 브루스 보치가
미소 지었다.
"그래? 벤치 클리어링이랑 빈볼만 없으면 된다는 거지?"
그 덕에 뉴욕 양키스와 샌프란시스코 자이언츠의 월드 시
리즈 3차전은.
따악-!
[또다시 배트 플립! 오늘 기자들의 손가락이 남아나지 않겠군요!]
벤치 클리어링만 없는, 각종 불문율의 전시장이 되고 말

았다.

🔵

1 : 1로 맞붙은 뉴욕 양키스와 샌프란시스코 자이언츠의 2012 월드 시리즈 3차전.

두 팀 팬들을 제외한 나머지 모든 야구팬이 열광할 만한 퍼포먼스의 향연이 펼쳐졌다.

"타임!"

투구의 맥을 끊는 타임 요청은 예사고.

따악-!

[쳤습…… 배트 플립? 앙헬 파간, 타구도 확인하지 않고 방망이를 던졌습니다!]

홈런이 아닌 안타에도 배트 플립이 난무했으며.

따악-!

[헌터 펜스-! 이 공이 좌측 담장을 넘어갑니다!]

[오늘은 주먹이 아닌 방망이로 한 건 해내네요.]

실제 홈런에 이르러서는 마치 산책하는 듯 느릿느릿 그라운드를 돌며 상대 팀을 도발했다.

그야말로 주심의 제재를 받을 만한 것만 제외하면 할 수 있는 도발이란 도발은 모조리 끌어다 쓴 경기.

그 안에서 조시 도널드슨은 제외돼 있었다.

뻐엉-!

"스트라이크아웃!"

[몸 쪽 포심에 꼼짝하지 못하는 조시 도널드슨! 오늘 경기 두 번의 타석에서 모두 삼진으로 물러납니다!]

[지난 2차전 벤치 클리어링의 여파인가요? 부진한 모습을 보이는 조시 도널드슨 선수입니다.]

 ―피 흘리더니 타격감도 같이 흘린 거 아냐?

 ┗지금 그런 장난을 치고 싶나?

포스트 시즌 들어 더욱 뛰어난 타격감을 자랑하던 며칠 전과는 너무나 다른 모습.

해설진과 팬들의 생각처럼 벤치 클리어링의 여파였다.

물론 그들이 우스갯소리로 내세운 근거와는 전혀 상관없는 다른 이유 때문이었지만.

"제장……."

강렬한 기억이나 경험은 사람에게 반사적인 어떤 행동을 불러일으킨다.

폭력을 경험한 아이는 누군가가 앞에서 손만 들어도 움찔하게 되며.

입맛에 맞는 최고의 음식을 대접받은 사람은 그 음식 이름만 들어도 군침을 삼킨다.

이와 같은 인간의 특성이 조시 도널드슨에게도 발현된 것이었다.

'제발 말 좀 들어라.'

몇 번이고 날아들었던 위협구와 아직도 선명한 통증을 호소하는 빈볼이 가져오는 본능적인 움츠림.

몸 쪽 공에 대한 그 본능적인 움츠림 탓에 중요한 순간마다 타이밍을 놓쳤던 것.

훈련 때는 아무 이상이 없었기에 대수롭지 않게 생각했던, 2차전에선 퇴장당한 탓에 알지 못했던 자신의 결함에 조시 도널드슨은 연신 자기 암시와 이미지 트레이닝을 해 댔으나.

'도대체 갑자기 왜 이러는 거야!'

그럴수록 사태는 더욱 악화되어만 갔다.

부우웅-!

"아웃!"

[스윙 앤 어 미스! 또 삼진입니다! 오늘 3삼진! 영 맥을 못 추는 조시 도널드슨 선수!]

물론 조시 도널드슨의 생각처럼 정규 시즌이었다면 큰 문제가 없었을 것이다. 실제로 조시 도널드슨이 히트 바이 피치 볼을 맞아 보지 않은 것도 아니었으니까.

하지만 정규 시즌과는 천양지차인 포스트 시즌, 그것도 월드 시리즈의 중압감과 그에게 주먹 찜질을 선사했던 상대와의 경기라는 데서 오는 불꽃같은 감정이 합쳐지면서.

조시 도널드슨에게 즉각 헤어나기엔 무리가 있는 부진이 찾아왔던 것이다.

거기까지라면 뉴욕 양키스라는 팀이 아닌 조시 도널드슨 개인의 문제였겠으나.

뻐엉-!

[스트라이크아웃! 라이언 보겔송-! 이 선수, 이번 포스트 시즌 샌프란시스코 자이언츠의 숨은 에이스입니다! 무려 23이닝 3실점! 김신 선수에 비견되는 피칭을 펼치고 있어요!]

일본 프로야구에서 역수입해 온 라이언 보겔송의 불가사의한 호투.

따악-!

[높이 뜹니다! 더 이상 뻗지 못하면서 우익수 헌터 펜스가 가볍게 처리! 게리 산체스가 우익수 플라이로 물러납니다.]

조시 도널드슨만큼은 아니었지만 그와 비슷한 감정을 느끼고 있는 한 성격 하는 루키들, 게리 산체스와 매니 마차도의 소폭 부진.

뻐엉-!

[삼진! 앤디 페티트가 삼진으로 물러나면서 뉴욕 양키스의 공격이 잔루 1, 2루를 남기고 마무리됩니다.]

[오늘 뉴욕 양키스가 잔루를 많이 남기네요. 어려운 경기입니다.]

마지막 화룡점정으로 내셔널리그 룰에 따라 방망이를 잡게 된 투수의 맥 커팅은 화려한 컬래버레이션을 일으켰고.

뻐엉-!

[볼 게임 이즈 오버! 샌프란시스코 자이언츠가 5-3으로 뉴욕 양키스를 제압! 홈에서 기세를 이어 갑니다! 2 : 1로 시리즈 스코어가 역전됐습니다!]

AT&T 파크에서 열린 월드 시리즈 3차전의 승자는 구장의 주인, 샌프란시스코 자이언츠가 되었다.

그런 상황에서 뉴욕 양키스가 믿을 수 있는 카드는 단 하나.

"부탁한다."

핀치에 몰린 팀을 구원하기 위해.

"반드시 이기겠습니다."

승리의 상징이 다시 공을 잡았다.

〈김신, 월드 시리즈 4차전 선발 출전!!〉

1, 2차전의 벤치 클리어링에 이은 3차전 각종 도발의 향연은 커미셔너 버드 셀릭의 의도대로 많은 화제를 불러일으켰다.

하지만 화제라는 것이 꼭 좋은 것만 있는 것은 아닌바.

〈월드 시리즈, 이대로 괜찮은가?〉

〈저급한 오락으로 전락한 월드 시리즈. 사무국은 뭘 하고 있
는가〉

기사뿐 아니라 은퇴한 레전드들의 지적까지 몰아치는 마
당에 버드 셀릭 또한 더는 버틸 수 없었다.

"뭐, 이 정도면 됐지. 보도 자료 돌려."

"예."

어차피 시선 몰이는 할 만큼 했으니 아쉬울 것도 없다는
듯 버드 셀릭은 뉴욕 양키스와 샌프란시스코 자이언츠 프론
트에 전화를 걸어 일말의 조치를 취하고, 준비해 뒀던 보도
자료를 돌렸다.

〈칼을 빼 든 사무국, 더 이상의 도발 행위는 용납지 않을 것!〉

흥분한 개인의 일탈까지야 전부 통제할 수는 없겠지만, 그
래도 더 이상 무분별한 도발 행위가 이어지진 않을 것이라
여겨지는 상황.

2012년 10월 28일, 월드 시리즈 4차전 날이 밝았다.

[웰컴 투 월드 시리즈! 여기는 4차전 경기가 펼쳐지는 AT&T 파크
입니다! 2 : 1로 시리즈 스코어를 역전당한 양키스가 특단의 조치를 내
렸죠?]

[예, 한 경기를 더 내주면 3연패가 되는데, 그것만큼은 두고 볼 수 없다는 의지의 표현이죠. 사흘 만에 김신 선수가 마운드에 오릅니다.]

[지금까지 김신 선수의 휴식일은 최대한 배려해 줬던 조 지라디 감독인데요, 역시 월드 시리즈에선 어쩔 수 없었습니다.]

[월드 시리즈니까요.]

[그렇습니다. 월드 시리즈죠. 이에 맞서는 샌프란시스코 자이언츠의 선발 투수는 배리 지토! 챔피언십 시리즈에서 팀을 위기에서 구해 냈던 남자가 이번에는 팀의 우승에 무게를 더하기 위해 올라왔습니다!]

홈팀으로서 먼저 수비를 위해 그라운드에 자리 잡은 선수들을 바라보며.

샌프란시스코 자이언츠의 감독, 브루스 보치의 시선이 심유하게 가라앉았다.

'여기까지 될 줄은 몰랐는데 말이야.'

벤치 클리어링으로 상대를 흔들어서 이득을 취하고자 하긴 했지만, 예상치 못한 핵심 선수들의 퇴장을 겪고도 승리할 줄은.

그 기세가 이어져 다음 경기 또한 따낼 줄은 브루스 보치조차 예상하지 못했다.

그런데도 2 : 1의 스코어를 이루어 낸 것은 승리의 여신이 가호하지 않으면 있을 수 없는 일.

아니, 어쩌면 챔피언십 시리즈를 스윕한 팀은 월드 시리즈에서 패한다는 징크스가 열심히 일한 결과일지도 몰랐다.

'욕 좀 먹으면 어때.'

욕이란 욕은 다 들어 먹었지만 그의 본분은 팀의 우승.

지금의 2 : 1 스코어는 그 욕조차 신나는 음악으로 받아들이며 춤을 출 수 있는 스코어였다.

하지만 결국 그는 그라운드에서 뛰는 선수가 아니라 더그아웃에 있어야 하는 감독.

그가 할 수 있는 일은 여기까지였다.

이제는 선수들이 직접 자신들이 트로피를 들어 올릴 자격이 있음을 증명해야 했다.

그리고 브루스 보치는 자신이 지휘하는 거인들이 충분히 그럴 수 있다는 것을 믿었다.

'오늘 경기만 이기면 끝난다!'

익숙한 홈구장과 배경처럼 쏟아지는 홈팬들의 응원 속에서.

적이 반드시 승리하고자 내민 저 카드만 부숴 낼 수 있다면.

그러면 다시 뉴욕까지 갈 것도 없이 당장 내일이라도 샌프란시스코에서 시리즈를 끝낼 수 있을 것이라고.

'충분히 가능해.'

자신의 머릿속에 그려지는 미래는 충분한 실현 가능성을 내포한 것이라고.

브루스 보치는 그렇게 생각했다.

시즌 내내 활약하던 4번 타자는 부진으로 라인업에서조차 제외됐고, 1루수는 간신히 자리만 보전하고 있으며, 루키들은 루키답게 가라앉아 있는 적 타선에 반해.

아군의 마운드는 오늘을 위해 충분한 휴식을 부여한 채 아껴 뒀던 비수가 지키고 있었으니까.

뻐엉-!

지난 8월부터 단 한 번을 제외하곤 그의 기대를 배신한 적 없는 승리의 상징, 배리 지토.

그가 공을 미트에 박아 넣는 소리가 브루스 보치의 입가에 미소를 자아냈다.

뻐엉-!

"스트라이크!"

[배리 지토 선수, 오늘 컨디션이 아주 좋아 보입니다! 공에 힘이 넘쳐요!]

브루스 보치의 상상과 같이.

뻐엉-!

"아웃!"

1회 초, 배리 지토는 뉴욕 양키스의 타선을 문제없이 제압했다.

하지만.

[피처, 넘버 92!]

가호만 받는 것이 아니라 승리의 여신 자체를 꼬셔 낸 남자.

충분한 휴식 따위 없어도 브루스 보치의 상상을 망상으로 변질시킬 수 있는 남자가 그라운드에 당도했다.

[신ㅡ! 킴ㅡ!]

●

투수의 혹사는 언제나 민감한 주제다.

평범한 경우엔 투수의 어깨를 보호해야 한다는 데 이견이 있을 리 없지만, 월드 시리즈라는 타이틀 아래에선 이야기가 다르다.

그 투수의 어깨를 보호하고자 했던 이유가 바로 우승이기 때문이다.

하물며 하루도, 이틀도 아니고 사흘?

'이 정도면 양반이지.'

어떤 나라의 프로야구에는 원년 팀임에도 단 한 번의 정규 시즌 우승도 차지하지 못했지만, 포스트 시즌을 두 번이나 제패한 팀이 있다.

상식적으로 보자면, 2등이나 3등으로 올라가서 단기전을 잘 치렀다고 생각하는 게 일반적이다.

그러나 한국인이라면 절대 그렇게 생각하지 않을 것이다.

야구에 관심을 가진 한국인이라면 모를 수가 없었으니까.

우완 안경잡이 에이스 두 명이 말도 안 되는 피칭으로 그 우승을 일궈 냈음을.

김신은 손 안에서 공을 굴리며 그들의 헌신을 기억했다.

'대단한 분들이지.'

그중에서도 무려 7차전 경기 중 5번을 출전해 4승 1패를 기록하며 홀로 우승을 견인한.

라이벌과의 투수전에서 200구가 넘는 공을 던지고도 끄떡 없던 무쇠팔의 기록은 오히려 팬이었던 어린 시절보다 투수 가 된 지금 더욱 입을 벌리게 했다.

'아마 지금 그대로 그때로 돌아가도 절대 그렇게 못 하겠 지.'

무결점 투수라 불리며 메이저리그를 지배하고 있는 김신 조차 할 수 없는 일.

물론 그때와 지금이 다르다는 건 알고 있었고, 그 혹사가 옳다는 건 절대 아니었지만.

그렇다고 그의 기록을 결코 폄하할 수는 없다.

"플레이볼!"

지금은 고인이 된 빛나는 우상을 기억하며.

'함 해 보입시더.'

김신의 공이 힘차게 맥동했다.

[김신 선수, 초구!]

상대는 지난 1차전, 선두 타자 홈런으로 김신에게 심대한 충격을 선사했던 샌프란시스코 자이언츠의 리드오프 앙헬 파간.

뻐엉-!

"스트라이크!"

비가 내린 지 사흘. 충분히 단단해진 기반에서 쏘아진 김신의 속구가 앙헬 파간의 몸을 패닉에 빠뜨렸다.

뻐엉-!

"스트라이크!"

[103마일! 김신 선수. 1회부터 최고 구속을 찍습니다! 오늘 칼을 갈았네요! 사흘이면 충분하다 외치고 있습니다!]

야구가 팀원 간의 유기적인 호흡이 중요한 체인과 같다는 건 맞는 말이다.

하지만 유일하게 그 체인에서 빠져 있으면서도, 홀로 또 다른 체인을 돌릴 수 있는 사람이 있다.

뻐엉-!

능히 홀로 아홉의 무게를 감당할 수 있는 남자.

김신의 속구가 연신 미트를 꿰뚫었다.

뻐엉-!

BABIP

뻐엉-!

양 팀 승리의 상징이 명품 투수전의 전조를 보이면서.

11개의 아웃카운트가 순식간에 지나갔다.

그리고 2회 말, 2사 주자 없는 상황.

샌프란시스코 자이언츠의 6번 타자 브랜든 벨트가 타석에 올라왔다.

고작 2년 차인데도 8할에 가까운 OPS를 기록하며 샌프란시스코 자이언츠의 주전 1루수 자리를 꿰찬, 2018년, LA 에인절스의 하이메 바리아를 상대로 16개의 파울을 쳐 내며 한 타석 최다 투구 수 기록을 21개로 갈아 치울 집념의 사나이.

그에게 불운이 있다면 이번 시즌 그가 노출한 약점을 가장 잘 공략할 수 있는 투수가 마운드에 서 있다는 것이었다.

뻐엉-!

"스트라이크!"

그림같이 몸 쪽 아슬아슬한 경계에 걸치는 속구.

부우웅-!

좌타자인 그로서는 닿을 수 없는 영역으로 쏜살같이 사라져 버리는 슬라이더.

그의 약점으로 평가받는 몸쪽 속구와 바깥쪽으로 빠져나가는 변화구의 향연에 2스트라이크 노 볼로 몰린 브랜든 벨트가 욕지거리를 뱉었다.

"젠장."

약점이 무언지는 그도 알고 있었다.

그러나 그걸 고치는 게 쉬웠다면 무결점이라 불리지 않을 선수가 없는 법이 아니겠는가.

무자비하게 약점인 목을 물어뜯는 이리의 이빨 앞에 결코 포기하지 않는 집념이 의미 없이 퇴색됐다.

뻐엉-!

"스트라이크아웃!"

김신의 좌완 투심과 우완 체인지업을 분석하기 위해 코피를 흘리며 밤을 반납한 전력 분석 팀의 노력이 무색하게도.

애초부터 그것들을 꺼낼 생각이 없었다는 것처럼, 원래의 속구 위주의 투구로 돌아와 1루를 허락하지 않은 투수가 마운드를 내려갔다.

3회 초. 코앞으로 다가온 다른 역할 수행을 준비하기 위해.

3회 초, 뉴욕 양키스의 공격.

선두 타자로 나선 것은 오늘 8번으로 출진한 1루수, 마크 테세이라였다.

그의 눈이 배리 지토의 모습을 잡아먹을 듯이 뒤쫓으며 상대에 대한 정보를 출력했다.

'80마일 후반의 속구, 그보다 느린 체인지업, 12 to 6 커브.'

같은 햇병아리 시절엔 90마일을 상회하는 속구를 던지던 것이 무색하게 망가져 있는 배리 지토.

하지만 그는 구속을 5마일이나 잃었음에도 자신의 역할을 충실히 해내고 있었다. 적어도 포스트 시즌에서만큼은.

반면 마크 테세이라, 그는 어떤가.

정규 시즌은 그럭저럭 잘 치러 냈지만 포스트 시즌에 와서는 시즌 중에도 종종 받던 수비형 1루수라는 조롱이 현실이 된 것 같지 않은가.

아무리 한 번의 홈런으로 전공을 세웠더라도 팀이 위기에 처한 이때까지 침묵하면 후배들 앞에서 얼굴을 들 수가 없었다.

'업혀 갈 순 없지.'

방금 전, 배터 박스에 서 있단 2년 차와 흡사한 집념을 불태우며.

　꽈악—!

　마크 테세이라가 타격 자세를 잡았다.

　그를 향해 데뷔 초 지겹도록 보아 왔지만, 각자 리그가 갈리면서 한동안 보지 못했던 공이 날아들었다.

　뻐엉—!

　"스트라이크!"

　체인지업.

　가까스로 배트를 멈춰 세웠으나 주심은 매정하게 스트라이크를 선언했다. 타석에서 물러서서 불만을 제기할까 고민하던 마크 테세이라가 이내 그 생각을 접었다.

　'불필요한 마찰은 금지.'

　아직 3회 초, 첫 타석인데 벌써부터 문제를 만들기에는 구단에 전달된 사무국의 엄포와 세 번째 벤치 클리어링이 부담스러웠다.

　불길한 예감에 마크 테세이라가 방망이를 조금 짧게 잡았다.

　뻐엉—!

　다시 한번 체인지업. 이번에는 손목을 꺾으며 멈춰 세운 방망이가 심판진의 인정을 받았다.

　'여전하구먼.'

　80마일의 체인지업을 같은 코스로 때려 박는 배리 지토의 과감성에 마크 테세이라가 사납게 웃었다.

[투수 와인드업!]

3구는 아래쪽에 깔린 1, 2구와는 전혀 다른 코스로 들어왔다.

스트라이크존 상단을 노리는 포심 패스트볼.

기다리고 있었다는 듯 마크 테세이라의 방망이가 돌았다.

따악-!

[높게 뜹니다! 포수 버스터 포지, 따라가 보지만…… 관중석으로 사라지는 공! 1-2!]

마크 테세이라가 아쉬움에 침을 삼켰다.

'생각보다 좀 높았어.'

오늘 배리 지토의 과감성을 생각했을 때 존 안을 공략하리라 여겼건만, 살짝 존을 벗어나는 공이었다.

자신을 상대로 구사한 3구 모두 존을 벗어났다는 사실에 마크 테세이라의 머릿속이 복잡해졌다.

하지만 언제나 그렇듯이, 마운드의 투수는 그를 기다려 주지 않았다.

쐐액-!

그때 자비 없이 투수의 손에서 빠져나온 그 공을 상대로 마크 테세이라가 폭풍같이 방망이를 돌린 건 그저 직감이었다.

오랜 세월 타석에 서면서 획득한 불가사의한 직감.

그것이 마크 테세이라의 방망이를 방금과 정확히 같은 코스로 이끌었다.

따악ᅳ!

[쳤습니다! 좌측! 큽니다!]

그러나 또한 그 직감 덕에 마크 테세이라는 알 수 있었다.

우타석에서 풀스윙으로 잡아당겨 좌측 담장으로 향하는 그의 타구가 결국 고지를 넘지 못할 것임을.

고개를 숙인 채 맹렬히 주루 라인을 달리며, 마크 테세이라가 한탄했다.

'아…… 좌타석에 섰으면…….'

그랬다면 양키 스타디움처럼 우측이 짧게 설계된 AT&T 파크의 담장이 그의 공을 반겼을 텐데.

하지만 상황은 이미 벌어졌고, 그에게 남은 건 허벅지에 터질 듯 힘을 불어 넣는 것뿐.

그러나 그럼에도 소용없었다.

툭ᅳ.

마크 테세이라를 상대로 맞춰 둔 샌프란시스코 자이언츠의 수비 시프트 속에서 손 하나가 솟아올랐다.

[앙헬 파간ᅳ! 언제 저기까지 갔죠? 샌프란시스코 자이언츠의 중견수가 좌측 외야에서 포효합니다!]

"후우……."

한숨과 함께 마크 테세이라의 시선이 이제 막 대기 타석으로 걸어 나오는 남자에게로 향했다.

'부탁합니다, 캡틴.'

오늘 바로 그의 뒤에 나올 9번 타자에게는 타격을 기대하기가 힘들었으니까.

[나우 배팅, 넘버 2! 신, 킴!]

아메리칸리그라면 평행선처럼 만날 일 없을 두 사람이 서로를 마주 봤다.

[1사 주자 없는 상황. 이제 타석에는 9번 타자, 김신 선수입니다. 현재까지 통산 4타수 1안타. 타자로 출전하는 건 이번이 두 번째입니다.]

[스티븐 스트라스버그 선수를 상대로 통산 첫 타석에 행운의 2루타를 기록했었죠. 과연 오늘도 그 행운이 따를 수 있을지요.]

모두가 막대한 행운 없이는 당연히 아웃되리라 생각하는 타자, 김신.

하지만 타석에 선 남자는 그런 평가는 아는지 모르는지 묵묵히 타격 자세를 잡을 뿐이었다.

반드시 쳐 내겠다는 마음으로.

'2구에서 승부한다. 포심이 오기를.'

나름의 근거는 충분히 있었다.

아직 3회밖에 되지 않았지만 배리 지토가 오늘 양키스 타선을 효과적으로 제어하고 있는 이유는 세 가지.

제대로 물이 오른 결정구, 커브.

80마일대의 공을 100마일대처럼 던지는 공격적인 투구.

존 구석구석을 찌르는 제구력.

그중에서 80마일대의 공을 100마일대처럼 공격적으로 던진다는 부분이 김신에게 희망을 선사했다.

물론 그렇다고 해도 투수인 김신이 쉽게 쳐 낼 수는 없겠지만 적어도 100마일을 뻥뻥 던져 대거나 절정의 브레이킹 볼로 연신 존 바깥을 공략하는 투수들에 비하면 훨씬 나았다.

그 외 자잘한 건 머릿속에서 지웠다.

배리 지토의 발이 땅에 닿는 순간, 오늘 AT&T 파크에서 가장 큰 집념을 가진 사내가 앞발을 들어 올렸다.

쐐액-!

김신의 몸이 생각의 속도를 추월했다.

2구까지 참기에는 배팅 머신에서 날아오는 공과 겹쳐 보이는 초구가 너무 매력적이었기 때문에.

퍼억-!

타격 코치에게 배운 대로 간결한 레그 킥이 지면을 디디고.

부우웅-!

지면을 타고 올라온 힘을 전달받은 상체가 교과서같이 돌았다.

하지만 배리 지토는 배팅 머신이 아니었고.

그의 공이 가진 무브먼트는 단련되지 못한 김신의 협응력으로 공략하기엔 너무 높았다.

따악—!

[먹힌 타구! 3루 쪽!]

하지만 괜찮았다.

타자의 생사를 결정하는 건 피칭과 스윙만이 아니었으니까.

제대로 힘을 받지 못하고 마치 번트처럼 3루 라인을 타고 흐르는 타구의 느릿함이 김신에게 또 다른 생문을 열어 줬다.

[3루수 파블로 산도발 대시합니다!]

스윙은 몰라도 하체는 어떤 핀스트라이프에게도 뒤지지 않는 남자.

김신의 질주가 약 4초 만에 1루 베이스에 닿았다.

무릎 무상을 걱정해야 할 무게를 가진 3루수가 공을 주워 던지는 것보다 훨씬 먼저.

뻐엉—!

"세이프!"

[내야 안타! 김신 선수의 내야 안타입니다! 헬멧이 벗겨질 정도로 뛰었어요! 훌륭한 투지입니다!]

1루에 선 김신이 숨을 몰아쉬면서 오연히 고개를 들어 더그아웃을 바라보았다.

'답답해서 내가 쳤다. 이래도 안 칠래?'

그리 물어 오는 듯한 투수의 자태에 양키스 타자들이 침을 꿀꺽 삼켰다.

김신의 노력이 무색하게 3회 초, 양키스 타선은 점수를 뽑아 내지 못했다.

그리고 이어지는 3회 말.

직전까지 타자로 경기에 임하던 김신이 곧장 마운드로 올라왔다.

그 상대는 샌프란시스코 자이언츠의 7, 8, 9번으로 이어지는 하위 타순.

[방금 전까지 3루에 서 있던 김신 선수가 마운드에 오릅니다. 타격에 주루까지 하느라 거의 휴식을 취하지 못했을 텐데요. 이번 이닝 샌프란시스코 자이언츠 타자들은 그 부분을 잘 공략해야겠습니다.]

[그렇습니다. 하위 타순이긴 합니다만 한 명이라도 출루해서 타석을 상위 타순으로 연결시킨다면 좋은 결과가 있을 수도 있죠.]

많은 사람이 샌프란시스코 자이언츠에게 기회가 찾아왔다 생각했지만.

뻐엉-!

"스트라이크!"

즉각 커브 위주로 피칭 레퍼토리를 변경한 노련한 투수의 공이 그들의 생각이 틀렸음을 증명했다.

다시 4회 초, 뉴욕 양키스의 공격.

선두 타자는 오늘 스즈키 이치로에게 테이블세터 자리를

내주고 클린업으로 보직을 옮긴 브렛 가드너였다.

'선배라……'

추신서가 짐짓 자랑하는 그 명칭을 받으려면, 적어도 타자로서의 김신보다는 나은 모습을 보여야 하지 않겠는가.

[배리 지토, 초구!]

브렛 가드너의 방망이가 초구부터 시원하게 바람을 갈랐다.

이제는 익숙해진 87마일의 속구를 향해.

부우웅–!

아니었다.

그건 브렛 가드너의 착각일 뿐, 배리 지토의 손에서 튀어나온 건 87마일의 속구가 아니라 81마일의 체인지업이었다.

하지만 브렛 가드너의 협응력은 김신의 그것보다 수백, 수천 배는 단련된 것이었으며.

따악–!

[3유간…… 빠집니다! 브렛 가드너의 안타!]

브렛 가드너의 발은 김신의 발에 결코 뒤지지 않는 속도를 자랑했다.

[앙헬 파간, 러닝 스루–! 2루에서… 세이프입니다! 브렛 가드너의 빠른 발이 2루타를 만들어 냅니다!]

숨을 몰아쉬며 2루에 선 브렛 가드너의 오연한 시선이 핀스트라이프들에게 향했다.

'나는 한 건 했다. 너네는?'

추신서, 게리 산체스, 매니 마차도, 조시 도널드슨.

안 그래도 김신의 타격에 자극받아 있던 핀스트라이프들이 눈썹을 꿈틀댔다.

휙히 그 안을 들여다본 양키스의 캡틴이 옆자리의 일본산 노장에게 슬쩍 속삭였다.

"우리도 이제 밥값 걱정해야겠는데?"

"……."

직전 이닝 병살타를 기록했던 왕년의 천재 타자가 이를 악물었다.

[나우 배팅, 넘버…….]

헐거워져 있던 체인이 오랜만에 화음을 토해 낼 준비를 끝마쳤다.

따악–!

○

X+Y=10

X-Y=4

이 연립방정식의 해인 X=7, Y=3을 구하는 방법은 두 가지다.

하나는 두 방정식을 더하거나 빼서 미지수 하나를 없애는 소거법.

하나는 한 방정식의 좌변에 한 개의 미지수만 남긴 후 그 값을 다른 방정식에 집어넣는 대입법.

깔끔한 풀이와 해답이 존재하는 수학조차 이러할진대.

인생사, 한 문제의 답을 찾는 과정은 비단 하나만 존재하지 않는 경우가 대부분이다.

인생을 닮은 스포츠, 야구 또한 이와 같다.

어떤 투수는 팔을 머리 위로 들어올리기도 하지만, 또 다른 투수는 허리 아래에서 공을 쏘아 내기도 한다.

어떤 타자는 레그 킥부터 타격을 시작하기도 하지만, 또 다른 타자는 두 다리를 지면에 붙박고 타격을 하기도 한다.

어떤 야수는 아크로바틱한 수비를 즐기지만, 또 다른 야수는 한 걸음 더 나아가 안정적인 수비를 추구하기도 한다.

무엇이 옳은지는 알 수도 없고, 굳이 판별할 필요도 없다.

검은 고양이든 흰 고양이든 쥐만 잘 잡으면 만사형통이고.

모로 가도 서울로만 가면 되는 법이니까.

중요한 건 투수가 삼진을, 타자가 홈런을, 야수가 아웃을 잡아낼 수 있느냐 없느냐 하는 결과이며.

선수는 자신이 가장 잘하고, 자신 있는 방법으로 결과를 쟁취해 내면 되는 것이다.

2012년 10월 28일. 뉴욕 양키스와 샌프란시스코 자이언츠의 월드 시리즈 4차전, 4회 초.

그 누구보다 자신의 방법을 잘 아는 사내가 타석에 들어섰다.

[추신서 선수가 타격을 준비합니다. 올해 양키스에 새 둥지를 튼 이래, 정말 알토란 같은 활약을 보여 주고 있는 선수죠.]

[그렇습니다. 테이블세터, 클린업 어디에 갖다 놔도 제 역할을 하는 선수입니다. 양키스로서는 '그 트레이드'가 행운이었죠.]

[하하, 아직도 캐시먼 단장이 어디까지 알고 있었는지가 초미의 관심사라더군요.]

시즌 초반만 해도 팬들의 욕을 산더미처럼 들어 먹었던 로빈슨 카노 트레이드의 산물.

하지만 이제는 팬들의 열화와 같은 성원을 받는 존재가 그라운드를 바라봤다.

이번 시즌 지겹도록 봐 왔던 구도가 눈앞에 펼쳐져 있었다.

[2루에는 브렛 가드너. 이번 시즌 50도루를 달성한 양키스의 준족입니다. 저런 주자가 루상에 나가 있으면 투수로서는 신경이 쓰일 수밖에 없죠!]

노골적으로 보내 오는 동갑내기 좌익수의 시선에 추신서는 즉각 답하고자 했지만.

뻐엉-!

배리 지토의 투구가 그들의 대화를 방해했다.

[초구는 볼. 커브가 낮게 들어갔습니다.]

[오늘 배리 지토 선수가 결정구로 쏠쏠히 써먹었던 커브인데요. 초구부터 커브를 구사한다는 건 신중하게 승부하겠다는 뜻인 거 같습니다.]

[그럴 수밖에요. 무사 2루. 루상에는 단타 하나면 홈플레이트를 훔칠 수 있는 발 빠른 주자. 누구라도 신중히 승부할 겁니다.]

이번 시즌 2번, 3번, 4번을 오가며 활약했지만 언제나 자신만의 플레이 스타일을 고수했던 남자가 고개를 저었다.

'이런 것도 휘둘러 줄 순 없잖아?'

리드오프, 테이블세터, 클린업, 심지어 4번 타순으로 출전하더라도 추신서는 추신서였다.

지금은 부진하지만 정규 시즌 홈런왕을 경쟁했던 저 커티스 그랜더슨이나 홈런 돌풍을 일으켰던 루키 포수와 그는 달랐다.

그가 메이저리그에서, 그것도 악의 제국이라는 양키스에서 한자리 꿰찰 수 있었던 건 그들이 가진 것과는 다른 재능 때문이라는 걸 추신서는 아주 잘 알고 있었다.

또한 그게 결코 틀리지 않다는 것까지도.

물론 달라진 위치에 따라 조금 더 장타에 방점을 둘 수는 있겠지만…….

뻐엉-!

추신서는 그렇다고 거기에 매몰돼 자신의 가장 큰 장점을 잊어버릴 만큼 멍청한 남자가 아니었다.

[다시 볼! 추신서 선수가 체인지업을 잘 골라냈습니다!]

그의 가장 선명한 무기, 선구안이 빛을 발했다.

뻐엉–!

뻐엉–!

배리 지토가 구사한 네 개의 공을 모두 간파한 그 선구안이.

[스트레이트 볼넷! 추신서 선수가 걸어서 1루로 나갑니다! 무사 1, 2루! 배리 지토 선수가 이번 경기 최대 위기를 맞습니다!]

추신서가 1루에 걸어가도록 허락했다.

"흠."

무사 1, 2루.

여전히 기회는 맞지만 전광판의 숫자는 바꾸지 못한 결과.

그러나 추신서는 개의치 않았다.

이곳은 그가 해결해야만 하는 클리블랜드 인디언스가 아닌 뉴욕 양키스였으니까.

설령 지금 조금 부진하다고 해도, 함께 그 악의 제국을 재건하고 시즌 최다 승을 거머쥔 팀원을 믿지 않는다면 누굴 믿는단 말인가.

방금 전 2루에 선 브렛 가드너가 보내던 것과 같은 시선이 다음 타자에게로 향했다.

'네 차례다.'

브렛 가드너의 출루에 이은 추신서의 마무리가 이번 시즌 양키스의 승리 공식 중 하나인 건 맞는 이야기다.

그러나 시즌 최다 승을 거둔 팀에 승리 공식이 비단 하나

뿐일 리 만무한 일.

브렛 가드너 앞에는 캡틴 데릭 지터가 있었고, 추신서가 마무리하지 못하더라도 뒤에는 장타를 뻥뻥 때려 줬던 커티스 그랜더슨과.

[나우 배팅, 넘버 24!]

관중들의 시선을 즐기듯이 느릿느릿 타석으로 걸어 들어가는 바로 이 남자.

[게리- 산체스-!]

김신이 없었다면 이번 시즌 신인왕을 노려 봄 직했던 포수가 있었다.

따악-!

◉

타자의 생사를 결정하는 건 피칭과 스윙만이 아니다.

김신이 보여 준 것처럼, 브렛 가드너나 스즈키 이치로같이 준수한 주력(走力)을 가진 타자는 빗맞은 타구도 안타로 만들어 낼 수 있다.

그러므로 반대의 상황, 즉 제대로 맞은 타구도 다른 외부 요소에 의해 아웃으로 둔갑할 수 있는 게 당연지사.

따악-!

그 반대의 상황이 샌프란시스코 자이언츠를 가호하면서,

배리 지토의 식은땀은 줄어들고.

뻐엉-!

핀스트라이프들의 뇌리에는 '설마' 하는 불안감이 들어찼다.

[유격수 정면! 주자 꼼짝하지 못합니다! 잘 맞은 타구가 이렇게 걸리는군요!]

[매니 마차도 선수가 커브를 잘 노려 쳤지만, 브랜든 크로포드 선수의 위치가 좋았어요.]

브렛 가드너의 2루타, 추신서의 볼넷 이후.

워닝 트랙까지 날아간 게리 산체스의 타구는 샌프란시스코 자이언츠의 우익수, 헌터 펜스에게 잡히면서 희생플라이가 되었고.

이어 타석에 선 매니 마차도는 초구 커브를 정확히 공략해 냈지만 유격수 브랜든 크로포드에게 막히고 말았던 것.

[2사 주자 1, 3루가 됩니다! 배리 지토 선수가 무사 1, 2루의 위기를 극복해 나가고 있습니다! 남은 아웃카운트는 하나!]

그리고 뉴욕 양키스의 다음 타자는.

지난 경기 3삼진 1플라이아웃에 이번 경기 또한 일찌감치 삼진 하나를 적립한 남자.

[나우 배팅, 넘버 27! 조사- 도널드슨-!]

조시 도널드슨이었다.

해설진이 배리 지토가 위기를 극복해 나가고 있다고 평하는 것도 전혀 이상하지 않은 상황.

하지만 이번 시리즈…… 아니, 이번 시즌 내내 더욱 부진했던 다음 타자를 겨냥한 샌프란시스코 자이언츠의 선택이.

조금 안전하게 유인구 위주의 피칭을 결정한 그 선택이 외줄 타는 듯 쫄깃한 상황을 유예했다.

뻐엉-!

[베이스 온 볼스! 조시 도널드슨 선수가 마지막 공을 골라내면서 2사 주자 만루가 됩니다!]

방망이를 내려놓고 1루로 나아가는 조시 도널드슨의 고개가 대기 타석으로 향했다.

'부탁합니다.'

브렛 가드너, 추신서, 게리 산체스, 매니 마차도, 조시 도널드슨이 스쳐 지나갔던 그 자리에 운명처럼 한 남자가 자리했다.

[나우 배팅, 넘버 25! 마크- 테세이라-!]

현재의 뉴욕 양키스에서 부진하기로 첫 손가락을 다투는 남자가.

양 팀 팬들이 모두 한마음으로 외쳤다.

"왜 안 바꿔!"

투수도, 타자도.

충분히 바꿀 만한 터프한 상황.

그러나 양 팀 감독의 선택은 똑같은 믿음이었다.

타석 앞에 선 마크 테세이라가 잠시 두 눈을 감았다.

"후우……."

날숨과 함께 마크 테세이라의 망막에 수많은 상(想)이 맺혔다 사라졌다.

짜릿짜릿한 홈런의 기억.

주자들을 모두 불러들이는 적시타의 기억.

투수의 결정구를 골라내 1루를 훔친 기억.

팀의 기회를 날려 버리는 병살타의 기억.

잘 맞은 타구가 어이없이 아웃돼 버린 기억.

마지막으로 바로 직전 타석에서의 플라이아웃까지.

그중 한 가지가 마크 테세이라의 심중(心中)에 바로 섰다.

두 눈을 뜬 마크 테세이라가 타석으로 들어섰다.

이전과 같은, 왼쪽에.

지체 없이 배리 지토의 초구가 날아들었다.

"스트라이크!"

절묘하게 바깥쪽 낮은 코스의 스트라이크존에 걸치는 속구.

소수지만 AT&T 파크의 한쪽 면을 채우고 있던 핀스트라이프들이 머리를 쥐어뜯었다.

"이런 개자식!"

"그러게 바꿨어야 한다니까!"

하지만 마크 테세이라의 표정엔 흔들림이 없었다.

마크 테세이라의 방망이와 배리 지토의 공이 수차례 교차
했다.

뻐엉-!

따악-!

2구, 3구, 4구, 5구, 6구.

한 구, 한 구 AT&T 파크에 환호와 탄식을 불러일으키는
시간이 지나가고.

마침내 마지막 순간이 도래했다.

[풀카운트! 이번 경기 승패를 가를 수도 있는 중요한 순간입니다! 마
크 테세이라, 타임을 요청합니다.]

[긴장되는 순간이네요. 이번 경기뿐 아니라 어쩌면 이번 시리즈를 가
르는 순간일 수도 있습니다.]

타석에서 물러선 마크 테세이라가 두 눈을 감았다.

마치 처음 타석에 들어서던 그때처럼.

"……."

잠시의 침묵 뒤, 마크 테세이라가 다시 타석에 발을 디뎠다.

[배리 지토, 와인드업!]

기다렸다는 듯 뻗어 나오는 배리 지토의 결정구.

그 공이 배리 지토의 손에서 떠나자마자 슬쩍 떠오르는 것
을 마크 테세이라의 두 눈이 포착했다.

'커브.'

구종은 알았다.

하지만 문제는 그 커브가 루킹 삼진을 잡기 위해 존으로 들어오는 것이냐, 아니면 그를 속여 헛스윙 삼진을 만들기 위해 존 밖으로 떨어지는 것이냐.

마크 테세이라가 심중에 세워 뒀던 대로 방망이를 움켜쥐었다. 그리고 마크 테세이라가 번개같이 휘두른 방망이가.

따악―!

[쳤습니다~!! 좌익수 뒤로, 좌익수 뒤로, 좌익수 뒤로……!]

그의 기억 속 모습과 같이, 좌측 담장 높은 곳에 별 하나를 박아 넣었다.

[넘어갑니다! 넘어갔어요! 마크 테세이라! 부진을 씻어 내는 그랜드슬램! 승부의 추가 양키스 쪽으로 급격하게 기웁니다!]

[이것 참 드라마네요. 여기서 마크 테세이라 선수가 그랜드슬램을 때려 냅니다!]

4-0.

경기를 끝내기에 충분하다 못해 넘치는 숫자.

"이래야지."

지고 있을 때도 무섭지만, 이기고 있을 때는 더욱더 무시무시한 남자가 타석으로 들어섰다.

뻐엉―!

그 남자는 한 번의 휘두름 없이 삼진을 당했으되.

뻐엉―!

다시 한 점의 점수도 내주지 않고 수없는 삼진을 잡아냈다.

부우웅-!

[스윙 앤 어 미스! 득점 지원을 등에 업은 김신 선수의 포심이 미쳐 날뛰고 있습니다!]

그 뒤를, 되살아난 뉴욕 양키스의 타격 체인이 뒷받침했다.

따악-!

〈4차전은 뉴욕 양키스의 품에! 승부는 다시 원점으로!〉

"나 그래도 4타수 2안타거든?"

"다 끝나고 치면 뭐 하나?"

"끝나다니! 야구는 9회 말 투아웃부터인 거 몰라?"

"그래그래, 그러시겠지. 됐고, 오늘이나 잘해."

단 한 사람을 제외하고 모든 것이 정상으로 돌아온 양키스는 매서웠다.

심지어 그 한 사람, 커티스 그랜더슨도 출전하지 않은 상황.

따악-!

[게리 산체스-! 이 선수 정말 보석 같은 선수입니다! 루키가 큰 경기에 오히려 강해요!]

[젊고, 홈런 뻥뻥 날리고, 큰 경기에까지 강한 포수. 어느 팀에 가져다 놓아도 팬들이 좋아할 수밖에 없는 선수죠.]

김신의 핀잔에 반박하긴 했지만 내심 그의 말이 맞다는 걸 느끼고 있던 게리 산체스는 분이라도 풀 듯이 공을 담장 너머로 후려갈겼고.

따악-!

[조시 도널드슨-! 오늘 경기 2루타만 두 개를 기록하는 멀티 히트! 완벽히 타격감이 살아난 모습입니다!]

[루키가 쉽사리 식기도 하지만 또 금세 달아오르기도 하거든요? 잠깐의 부진이 거짓말이라는 것처럼 무섭게 몰아치는 조시 도널드슨 선수입니다.]

부진에서 깨어난 조시 도널드슨은 자신의 방망이가 주먹과는 달리 묵직하다는 것을 온 천하에 알렸으며.

촤아악-!

[또다시 도루 성공! 브렛 가드너, 지칠 줄 모르는 질주 본능을 과시합니다!]

김신에게 선배라는 칭호를 얻어 낸 브렛 가드너는 그 칭호의 값을 톡톡히 했다.

그러니.

5차전에서 누구의 손이 하늘 높이 들려 올라갔는지는 말해 봐야 입 아픈 일이었다.

〈기세를 탄 양키스! 5차전도 승리! 이제 필요한 승리는 단 하나뿐!〉

〈4차전 8-1에 이은 5차전 11-3 대승! 뉴욕 양키스, 월드 시리즈 트로피에 이름을 새기기 시작하다!〉

승률은 바닥으로 떨어져 내리고, 배당률은 그에 반비례해 하늘 높이 상승하게 된 샌프란시스코 자이언츠.

그러나 샌프란시스코 자이언츠에는 두 남자가 있었다.

미친 선수가 양키스에서만 나온다는 법은 없다는 걸 알리고.

막대한 배당금을 수령하고자 하는 남자들이.

뻐엉-!

[루킹 삼진! 매디슨 범가너, 지난 2차전에 이어 오늘도 눈부신 호투를 펼칩니다! 이 선수 정말 미래가 기대되네요!]

한 사람은 김신처럼 무실점, 무결점 투구는 아니었지만 양키스의 핵타선을 꾸역꾸역 막아 내며 자신의 가능성을 어필한 매디슨 범가너였고.

따악-!

[쳤습니다! 우측 큽니다! 설마 또 갑니까? 또 갑니까? 또…… 갔습니다! 담장 넘어갑니다! 파블로 산도발! 이 선수 오늘 완전히 미쳤어요! 믿을 수 없는 3연타석 홈런! 양키 스타디움을 장례식장으로 만듭니다!]

[월드 시리즈가 6차전으로 끝나는 건 아쉽다는 거죠!]

나머지 한 사람은 누가 마운드에 서 있는지는 상관없이 핀 스트라이프를 입은 남자라면 고개를 숙이게 만든 파블로 산 도발이었다.

그에게 홈런을 헌납한 앤디 페티트, 조바 체임벌린, 데이 비드 로버트슨의 내려앉은 어깨 위로 불청객들의 축포가 쏘 아졌다.

〈8-5! 샌프란시스코 자이언츠, 결국 6차전 제압! 또다시 원 점이 된 승부!〉

1 : 1, 2 : 2를 거쳐 기어코 3 : 3까지 가게 된 월드 시리즈.
이기거나, 집으로 돌아가야 하는 마지막 경기.
"Kim Will Rock You—!"
양키스가 가진 가장 확실한 카드가 다시 마운드를 소유했 다.

거대한 생명력이 꿈틀거리는 불가사의하고 아름다운 별, 지구.
이 치명적으로 황홀한 푸른 별에는 수많은 생명이 살아 숨 쉰다.

그들은 모두 각자의 방법으로 생명의 제1 목표, 생존을 추구한다.

어떤 종(種)은 갑옷같이 단단한 가죽을 입고.

어떤 종은 그 가죽을 뚫을 수 있는 날카로운 이빨과 발톱을 연마하며.

어떤 종은 순수한 체급의 크기를 키운다.

그런가 하면 어떤 종은 수십 배의 체급 차이를 이겨 낼 수 있는 독을 품고.

어떤 종은 하늘을 날며, 어떤 종은 빠른 발을 가질 수 있도록 진화한다.

그러나 결국 지구를 지배하는 건 인간.

결코 큰 체급을 가지지도 않았고, 날카로운 이빨이나 단단한 갑옷도 없으며, 독이 있다거나 날개가 있다거나 발이 빠르다거나 하지도 않은 인간이다.

물론 인간이 지구의 지배종이 된 데는 여러 가지 이유가 있다.

두뇌, 문자, 협동, 도구의 사용 등등.

하지만 그런 피지컬 외(外)적인 것들을 제외했을 때도.

다른 생물들은 감히 따라올 수조차 없는.

인간이 저 높은 곳에서 다른 생물들을 내려다보는 육체적 능력이 하나 있다.

무언가를 빠르고, 정확하게.

던지는 행위.

바로 피칭이다.

[웰컴 투 월드 시리즈! 결국 여기까지 왔습니다! 7차전! 이기거나, 아니면 짐 싸서 집에 가야 하는 마지막 경기! 한 해 농사의 성패를 결정짓는 마지막의 마지막 경기가 지금, 양키 스타디움에서 열립니다! 먼저 수비를 맡은 뉴욕 양키스의 라인업부터 설명해 올리겠습니다. 좌익수 브렛 가드너……]

2012년 11월 1일.

바로 그 피칭에 있어서는 둘째가라면 서러울 남자가 마운드에 섰다.

[……투수는 바로 이 남자. 양키스가 자랑하는 승리의 상징. 무결점의 투수, 김신입니다!]

그의 손에서 모든 가능성을 품은 물체가 날아올랐다.

뻐엉ㅡ!

"좋아! 아주 좋아!"

게리 산체스에게서 되돌아온 공을 받은 김신이 묘한 기시감에 입술을 비틀었다.

'월드 시리즈 7차전……'

마침내 오고야 만 자리.

그토록 바랐고, 어쩌면 그가 회귀하게 된 이유일지도 모르는 자리에서 느껴지는 강렬한 기시감.

그 기시감 속에서 커다란 아치가 하늘을 수놓았다.

'1차전 때 맞았던 거 때문인가. 아니면……'

오늘도 잠시 후면 만날 앙헬 파간의 선두 타자 홈런과 그로 인해 흔들렸던 기억 때문일 수도 있다.

하지만 김신의 뇌리에는 한 단어가 떠돌았다.

'진인사대천명(盡人事待天命).'

일을 꾸미는 것은 사람이어도, 그 성패를 가르는 것은 하늘이라는 말.

회귀는 시켰지만 회귀를 시킨 이유는 김신의 성공이 아니라 문턱에서 무너져 내리는 그를 보고, 그의 발버둥을 즐기기 위한 악취미일 수도 있다는 생각.

김신의 손이 공을 으스러질 듯 쥐었다.

꽈악-!

'설령 그렇더라도, 호락호락 당하지 않겠다.'

평소의 김신은, 그러니까 야구를 제외한 대부분의 상황에서 김신은 진인사대천명이란 말에 동의했다.

굳이 초월적인 존재의 유무를 규정하지 않아도 운명, 또는 운이라 부르는 요소는 있다고 생각했으니까.

세상에 인간 개인이 통제할 수 없는 변인은 차고 넘쳤으니까.

하지만 단 한 가지, 야구에 관해서는.

자신이 마운드를 책임지는 경기에 대해서는 절대로 그 말을 인정하지 않았다.

아니, 그런 게 있더라도 씹어 먹어 소화시키고, 극복하여.

적어도 오늘만큼은. 다른 건 몰라도 경기가 끝난 뒤 기록지에 새겨지는 승자의 이름만큼은 바꾸고자 했다.

"후우……."

경기 시작을 알리는 듯한 긴 한숨과 함께 김신의 시선이 그 극복을 도와줄 동지들을 훑고.

"흐읍-!"

1차전의 기억을 딛고 더욱 단단해진 그의 왼손이 하늘을 도발했다.

상대는 그에게 격한 흔들림을 선사했던 남자, 앙헬 파간.

뻐엉-!

김신의 속구가 홈플레이트를 관통했다.

"스트라이크!"

앙헬 파간은 삼진으로 물러났다.

그러나 그렇다고 앙헬 파간이 리드오프로서의 역할에 소홀했느냐 하면 그건 절대 아니었다.

"봤지?"

"어."

투수의 컨디션을 확인하고, 심판의 존을 확인하여 동료들에게 보여 주는 것.

그런 의미에서 앙헬 파간은 리드오프로서의 역할 중 하나를 충실히 수행했다.

"오늘 존이 깐깐해. 좁혀 놓고 쳐."

"오케이."

7구까지 가는 승부 끝에 전문가가 아닌 팬들도 알아차릴 만큼 주심의 존이 인색하다는 사실을 팀원들에게 알렸으니까.

[아직 경기 초반이지만 오늘 존이 상당히 타이트합니다. 잡아 줄 법한 공들도 웬만하면 볼로 선언되는군요.]

[무려 월드 시리즈 7차전이니까요.]

물론 김신과 양키스 또한 그 사실을 인지했다.

거기서 파생되는 선택지는 두 가지.

저 마운드의 여우, 톰 글래빈이 했던 것처럼 집요한 경계선 투구로 심판의 눈마저 속일 것이냐.

아니면.

'힘으로 짓누를 것이냐.'

[나우 배팅, 넘버 19! 마르코- 스쿠타로!]

알 수 없는 표정으로 타석에 들어서는 샌프란시스코 자이언츠의 2루수.

지난 내셔널리그 챔피언십 시리즈의 MVP, 마르코 스쿠타로에게 김신의 답이 당도했다.

뻐엉-!

[바깥쪽 아슬아슬한 코스. 볼입니다.]

힘으로 찍어 누르는 게 쉽고 간단한 건 맞다.

사실 체력적으로도 적은 투구 수를 가져갈 수 있는 파워 피칭이 좋을 수도 있다.

하지만 그건, 스트라이크존에 있는 힘껏 공을 집어넣는 건 카운트가 몰린 다음에도 충분히 할 수 있는 일.

김신은 자신이 가진 무기 하나를 그냥 내다 버릴 머저리가 아니었다.

뻐엉-!

[다시 볼! 이거 벌써 시작하는 것 같은데요?]

[그런 거 같습니다. 오늘 경기를 지켜보고 있을 톰 글래빈 전 선수가 흡족해하겠군요.]

두 번의 바깥쪽.

그리고.

뻐엉-!

"스트라이크!"

[이번에는 몸 쪽! 마르코 스쿠타로, 꼼짝하지 못합니다!]

타자의 허를 찌르는 몸 쪽 깊숙한 코스의 포심 패스트볼과.

부우웅-

"스트라이크!"

[스윙 앤 어 미스! 이번엔 체인지업이었습니다!]

타자를 미치고 팔딱 뛰게 만들 체인지업의 조화.

뻐엉-!

"스트라이크아웃!"

오늘 경기에서 이긴다면 월드 시리즈 MVP가 확정돼 있는 남자가 내셔널리그 챔피언십 시리즈 MVP를 무릎 꿇렸다.

그다음에 타석에 들어선 건.

[나우 배팅, 넘버 48! 파블로-! 산도발-!]

김신과 마찬가지로 승리 시 샌프란시스코 자이언츠의 월드 시리즈 MVP가 유력한 남자, 파블로 산도발.

"흥!"

거센 콧김과 함께 자신은 다르다는 것처럼 파블로 산도발의 방망이가 휘돌았다.

빠지는 공임에도 아랑곳 않고 휘둘러진 배드 볼 히터의 배트가 흰색 공을 후려쳤다.

따악-!

오늘 경기장에서 가장 뜨거운 두 남자의 부딪힘.

그 결과는 일단 김신의 승리였다.

[배트 부러졌습니다! 우중간!]

힘의 대결에서 패하며 부러진 파블로 산도발의 방망이.

하지만 1경기 3홈런을 때려 낼 정도로 막강한 파블로 산도발의 힘은 그 공을 조금 더 멀리 보냈다.

[어엇, 멀리 뻗습니다! 우중간에 떨어지는 안타!]

거기까지였다면 결국 파블로 산도발의 판정승이 되었을

터이나.

파블로 산도발의 느린 발과.

[우익수 추신서, 공 잡아서 1루로……!]

뻐엉-!

양키스 우측 외야를 책임지는 남자의 강력한 어깨가 다시 승리를 김신의 손에 쥐여 줬다.

"아웃!"

[아웃! 1루에서 아웃입니다! 추신서의 어깨가 자이언츠의 첫 출루를 지연시킵니다!]

이역만리 타향에서 이뤄진 유이(唯二)한 동향 사람들의 아름다운 합작.

하지만 경기를 지켜보던 한국 팬들은 웃을 수가 없었다.

"이런 미친……!"

부러진 배트에 맞은 핀스트라이프 하나가 그라운드에 쓰러져 있었으니까.

[……]

해설진조차 말을 잊은 그라운드에 무거운 침묵이 내려앉았다.

사고(事故)란 부주의(不注意)란 토양과 악운(惡運)이라는 환경 위에서 자라나는 꽃이다.

부러진 배트가 마운드를 향해 정확히 날아온다는 악운.

배트가 부러졌음에도 생각보다 멀리 뻗는 공에 정신이 팔려 있던 부주의.

그 두 가지가 양키스의 희망에게 사고를 야기했다.

퍼억-!

"아앗!"

"안 돼!"

외마디 비명 이후 침묵에 휩싸인 양키 스타디움.

지난여름 비슷한 상황에서 발생한 앤디 페티트의 세 달짜리 부상을 기억하는 핀스트라이프들의 뇌리가 최악을 떠올렸을 때.

다행스럽게도, 92번의 핀스트라이프는 금방 자리에서 일어났다.

기다렸다는 듯 해설진의 외침이 터져 나왔다.

[다행입니다! 바로 일어나는 김신 선수! 잠깐 쓰러지긴 했지만, 큰 부상은 아닌 듯 보입니다!]

[정말 다행입니다. 돌려 보시죠.]

그러나 문제는 그다음이었다.

차라리 날아오던 배트 파편을 그냥 서서 맞았으면 괜찮았을 수도 있었다.

충돌에 의한 잠시간의 통증은 있었겠지만 별다른 부상은 발생하지 않았을 수도 있었다.

하지만 사고의 순간에 처한 개인의 미숙한 대처는 또 다른 사고를 불러오기도 하는 법.

찌릿-!

교통사고의 순간에 사고를 피하고자 돌린 핸들이 오히려 더욱 큰 사고를 불러올 수도 있는 것처럼.

막 피칭을 완료한 불안정한 자세에서 부러진 배트를 피하고자 무리한 움직임을 취한 김신의 왼쪽 발목이 아찔한 통증을 선사했다.

'이런 젠장……'

피칭이란 섬세한 행위에 충분한 영향을 끼칠 만한 발목 통증.

김신은 자책했다.

타구에 정신 팔렸던 자신을.

제대로 피해 내지 못하고 더 큰 여진을 맞이하게 된 스스로를.

"괜찮아?"

"어, 괜찮아."

전광판에 방금 전 상황이 복기되고, 이닝을 끝마친 선수들이 더그아웃으로 향하는 동안 건네진 게리 산체스의 안부 인사에는 괜찮다 답했지만.

찌릿-!

걸음을 이어 갈 때마다 계속해서 발생하는 통증에 김신의 머릿속이 복잡해졌다.

[어…… 이거 자칫하면 부상이 있을 수도 있겠는데요……? 느린 화면

으로 보니 넘어지기 직전에 디딤 발이 상당히 불안정합니다. 카메라 각도상 정확히 보이지는 않습니다만……]

[음…… 이후 잘 일어나서 걷긴 했는데, 피칭에 영향이 갈 수도 있겠습니다.]

리플레이를 확인한 사람들의 시선이 양키스 더그아웃으로 향했다.

큰 부상이 아니더라도, 잠시간이라도 정상적인 피칭이 불가능한 상황이라면 오늘 경기의 향방이 미궁 속으로 빠져드는 일이었으니까.

어제 선발 등판했던 앤디 페티트를 제외한 모든 투수에게 불펜 대기 명령이 떨어지긴 했지만, 그게 1회부터 예열하라는 의미는 절대 아닌바.

전혀 준비조차 되어 있지 않은 상태에서 불펜이 부랴부랴 가동된다면, 오늘 경기 양키스의 패색이 짙어지는 게 당연했다.

굳은 표정으로 복귀하는 김신을 조 지라디 감독이 마주했다.

"상태는…… 어떤가."

김신에게 선택의 순간이 도래했다.

마운드를 내려갈 것인가.

아니면 통증을 참고 던질 것인가.

"……."

김신은 쉽사리 답하지 못했다.

　허나 그에게 허락된 시간은 많지 않았다.

　만약 내려갈 거라면 조금이라도 빨리 말해 줘야 불펜에게
부족한 시간이나마 확보해 줄 수 있었다.

　찰나의 시간 동안, 김신의 두뇌가 맹렬하게 가속했다.

　먼저 떠오른 건 금방 괜찮아지지 않을까 하는 낙관론이었
지만.

　김신은 즉각 그 낙관론을 바닥에 파묻었다.

　'그럴 리가.'

　의사로서, 환자로서, 선수로서 판단하건대 큰 부상은 아니
었다.

　팀 닥터가 무슨 조치를 취할 것도 없는, 그냥 조금 쉬면 괜
찮아질 정도의 경미한 통증.

　그러나 결코 10분, 20분 만에 평소와 다름없게 던질 수 있
는 상태는 아니었다.

　자신의 상태를 냉정하게 인정한 김신이 다음 단계를 밟았
다.

　약간의 통증을 가진 김신과 지금 불펜에 있는 투수들 중
누가 양키스에 도움이 되는 투수인가.

　그 고민의 끝에서, 김신이 입을 열었다.

　"통증이 있습니다."

　"……!"

타격을 준비하던 선수들조차 움찔 굳을 만한 폭탄 발언.

정지된 더그아웃 속에서 김신의 목소리가 연이어 울렸다.

"그래도, 던질 수 있습니다. 던지고 싶습니다."

"……."

"실점당하면 바로 교체하셔도 됩니다. 그래도…… 던지게 해 주십시오, 감독님."

스스로에게 관대한 평가로 도출된 결론이 아니었다.

이틀 쉰 C.C. 사바시아보다 지금의 김신이 나았다.

여물지 못한 코리 클루버보다 지금의 김신이 나았다.

그래도 통증을 속이고 던지는 건 용납할 수 없어 사실대로 고하긴 했지만.

마리아노 리베라 등 경기 후반부를 위해 남겨 둬야 하는 몇몇을 제외하면 불펜에 대기하는 투수 중 그보다 낫다고 확신할 수 있는 인물이 없었다.

그런 확신에 찬 호소에 조 지라디가 손을 들어 김신의 어깨를 짚었다.

"일단 검사부터 받지. 결정은 그 이후에 하겠네."

열의에 찬 어린 투수가 간과할 수 있는 문제.

경미한 부상이 촉발할 수 있는 더욱 큰 부상.

김신이라는 선수의 미래를 위한 조 지라디의 손짓에 팀 닥터들이 달려들었다.

한 걸음 물러난 조 지라디가 팔짱을 꼈다.

'피치 못할 상황이면 어쩔 수 없겠지만…….'

물론 우승의 코앞에 선 지금, 반드시 김신이 필요하다면 김신을 등판시킬 수 있는 남자가 조 지라디였다.

어린 유망주를 보호하는 것은 결국 우승을 위한 일이었으니까.

하지만 그렇지 않다면?

김신이 반드시 필요하지 않다면?

그 없이도 승리할 수 있는 상황이라면?

그의 시선이 막 더그아웃을 나가려던 남자에게로 향했다.

어쩌면, 김신이 바로 교체돼도 상관없는 상황을 만들어 줄 수 있는 남자에게로.

끄덕―.

그 눈빛에 담긴 감정을 읽은 듯이, 92에서 9를 뺀 번호의 핀스트라이프가 고개를 끄덕였다.

[웰컴 투 월드 시리즈! 1회 말, 양키스의 공격으로 시작되겠습니다. 지난 1회 초 마지막에 위험한 상황이 연출됐죠?]

[그렇습니다. 김신 선수가 부러진 배트 파편에 맞는 사고가 있었습니다. 아직까지 양키스 더그아웃에서 별다른 움직임이 없는 걸로 보아 큰 부상은 아닌 듯싶습니다만, 그래도 모르죠.]

[예, 정말 별다른 일이 아니었으면 좋겠습니다.]

해설진의 멘트와 함께 다시금 전광판에 반복되는 지난 사고 상황.

관중석 한구석을 차지하고 있던 두 의사가 엉덩이를 들썩였다.

"……괜찮을까요, 교수님?"

"아니요. 파열까지 가진 않았겠지만, 발목 염좌가 발생했을 가능성이 충분해요. 양키스 필드 닥터들은 믿을 만한가요?"

"하아…… 잘 모르겠어요. 통증이 조금만 있어도 피칭에 지장이 있을 텐데……."

"……."

당장에라도 더그아웃으로 뛰어들고 싶은 두 의사를 뒤로 한 채, 경기가 속행됐다.

1회 말, 양키스의 공격.

언제나 맨 앞에서 양키스를 이끌었던 남자가 타석에 섰다. 그 누구보다 양키스를 사랑하는 남자가.

[나우 배팅, 넘버 2! 데릭― 지터―!]

타석으로 걸어 들어가며, 데릭 지터가 문득 상황에 맞지 않는 의문을 떠올렸다.

'처음부터 이상했지.'

그 대상은 방금 전 더그아웃에서 던질 수 있게 해 달라며 호소했던 남자.

지금 관중석의 김성욱 교수와 캐서린 아르민이 떠올리고 있는 것과 동일한 인물.

김신이었다.

창창한 구만리 미래가 펼쳐져 있는 젊은 투수가 스스로를 희생하면서까지 팀을 위해 헌신한다?

물론 가능한 일이지만 오늘 김신의 태도에서 처음 김신을 봤을 때부터 지금까지 그의 태도가 한결같았음을 떠올린 데릭 지터는 위화감을 느꼈다.

'어떻게 그럴 수 있지?'

어떤 대상에 대한 애정을 품는다는 건 반드시 시간을 필요로 하는 일이다.

소속감도, 애국심도, 심지어 부모와 자식의 친애(親愛)까지도 시작부터 자연히 생기지는 않는다.

그 안에서 살아가면서 저절로 생성되고, 강화될 뿐.

헌데 김신은 처음부터 양키스였다.

'마치…… 오랫동안 당연히 양키스였던 것처럼.'

데릭 지터의 그런 의문을 주심의 목소리가 깨뜨렸다.

"미스터 지터."

"아, 예. 준비하겠습니다."

상념에서 깨어나 방망이를 돌리면서, 데릭 지터가 간단한 결론을 내렸다.

'뭐, 무슨 상관이야. 좋은 게 좋은 거지.'

양키스를 혐오하는 거라면 문제가 된다.

그러나 양키스를 사랑하는 게 어찌 문제가 되랴.

더욱 중요한 건 그런 헌신을 보여 준 후배를 위해 선배로서의 역할을 다하는 것.

꽈악-!

데릭 지터의 손아귀에 미증유의 힘이 깃들었다.

[라이언 보겔송, 이번 경기 첫 타자로 데릭 지터 선수를 상대합니다. 투수 와인드업!]

상대는 매디슨 범가너와 함께 자이언츠의 가을을 지탱하고 있는 베테랑 투수, 라이언 보겔송.

데릭 지터의 눈이 수도 없이 보아 온 흰색 공을 간파했다.

뻐엉-!

[초구는 바깥쪽 볼. 조금 빠졌습니다.]

[아까 김신 선수의 투구 때도 그랬지만, 확실히 오늘 존이 타이트하네요!]

데릭 지터.

그는 수많은 별명을 가지고 있다.

그중 하나가 바로 '미스터 노벰버'다.

현시대 최강의 클러치 히터 중 하나인 그에 대한 찬사를 담아 부르는 칭호.

하지만 클러치 히터라는 건, 클러치 때만 잘 치는 타자가 아니라 기본적으로 평소에도 강하고 클러치 상황에서는 더 강한 남자를 말하는 것이다.

2012년 11월 1일.

자신의 계절을 맞이한 클러치 히터의 방망이가.

따악―!

[쳤습니다! 우측 큽니다! 우측 담장, 우측 담장……!]

스스로가 평소에도 강하다는 것을 입증했다.

[넘어갑니다―! 데릭 지터―! 양키스의 캡틴이! 월드 시리즈 7차전에서! 선두 타자 홈런을 때려 냅니다! 가을 내내 연신 호투를 펼쳤던 라이언 보겔송 선수가 중요한 순간에 일격을 맞습니다!]

1―0.

거대한 전광판에 아로새겨진 데릭 지터의 뒷모습이 밝게 빛났다.

데릭 지터의 깜짝 홈런으로 맥없이 선취점을 헌납하긴 했지만.

10년이 넘는 세월 동안 일본에서, 미국에서 산전수전을 다 겪은 베테랑 라이언 보겔송은 쉽사리 흔들리지 않았다.

따악―!

[3유간…… 유격수 브랜든 크로포드가 기다립니다. 1루 송구! 아웃! 브렛 가드너가 유격수 땅볼로 물러나면서 1아웃!]

뻐엉―!

[삼진! 추신서를 삼진으로 돌려세우는 라이언 보겔송 선수입니다!]

[선구안이 좋은 타자인데 마지막 체인지업에 속아 넘어갔습니다.]

따악-!

[좌측 큽니다! 좌익수 뒤로, 좌익수 뒤로…… 잡아냅니다! 타구가 멀리 뻗지 못하면서, 플라이아웃으로 물러나는 게리 산체스! 스리아웃! 양키스의 1회 말 공격이 마무리됩니다. 데릭 지터의 선두타자 홈런으로 뉴욕 양키스가 1-0 리드를 잡았다는 소식을 전해 드리면서, 잠시 후에 뵙겠습니다!]

브렛 가드너, 추신서, 게리 산체스를 꽁꽁 밀봉한 라이언 보겔송이 내려간 마운드.

많은 사람의 걱정과 기대를 받는 남자가 그곳에 다시 발을 디뎠다.

찌릿-!

그리고 여전한 통증을 안고서도 눈썹 하나 까딱이지 않는 그 남자의 반대편.

[나우 배팅, 넘버 28! 버스터- 포지-!]

샌프란시스코 자이언츠 최고의 강타자가 섰다.

۞

투수에게 가장 중요한 신체 부위는 두말할 것 없이 팔이다.
온몸에서 집약된 힘을 피칭이라는 동작으로 점화시키는

어깨, 가동 범위의 한계를 넘나드는 움직임을 견뎌 내야 하는 팔꿈치, 타자가 절로 욕설을 뱉을 만한 무브먼트를 생성해 내는 악력.

하지만 그렇다고 팔'만' 중요하냐 하면 대답은 당연히 '아니올시다'다.

인간이 100마일을 넘나드는 공을 던지고, 심지어 그 공에 변화까지 준다는 건 결코 팔만으로는 이뤄 낼 수 없는 일.

등, 허리, 가슴, 복근, 엉덩이, 허벅지, 무릎, 종아리, 발목, 심지어 발가락까지.

인체에 존재하는 모든 근육과 인대와 관절의 힘을 모조리 끌어다 쓰는 것이 바로 피칭이다.

제아무리 김신이 두 팔로 던진다고 해도, 그래서 한 팔로만 던지는 다른 투수들보다 조금 더 많이 던질 수 있다고 해도.

결코 기본적인 피칭의 메커니즘에서 벗어날 순 없다.

그 사실을 팬들도, 해설진도, 양 팀 벤치도 알고 있었고.

타석에 선 버스터 포지 또한 당연히 알았다.

버스터 포지의 날카로운 눈이 김신의 왼쪽 발목으로 향했다.

'부상이 있을 확률이 매우 높다……라.'

야구의 시작을 여는 것이 투수의 피칭이라면.

그 피칭의 시작은 바로 발이다.

외다리로 선 채 추진력을 모은 투수의 발이 앞으로 뻗히고.

그 발이 지면을 디딤으로써, 떨어지는 사과를 보고 진리를 깨달았던 현자의 법칙에 따라 땅을 타고 힘이 올라온다.

유려한 중심 이동이 그 힘을 상체로 전달하고, 결국 손아귀에서 화룡점정을 맺는 것이 바로 피칭인바.

시작이 반이라는 말이 맞다면, 지금의 김신은 그 절반을 잃은 것이나 다름없었다.

아무리 가벼운 부상일지라도 상관없었다.

조금이라도 김신의 피칭에 불편을 유발할 수 있다면.

그 정도만 된다면 버스터 포지에게는 차고 넘쳤다.

'그럼 어디…… 한번 볼까.'

타석에 몸을 웅크린 채 눈을 빛내는 버스터 포지 앞으로, 김신의 공이 배달됐다.

뻐엉ㅡ!

[조금 낮았습니다! 볼!]

[……포심 구속이 98마일이 찍히는군요.]

98마일.

웬만한 투수에게는 최고 구속일 수도 있는 매우 빠른 공.

하지만 103마일까지 던지는 김신에게는 5마일이 사라진 것과 진배없었다.

그것은 난공불락의 철옹성을 공략해 볼 만한 성으로 떨어뜨리기에 무리가 없었고.

언터처블의 투수를 한번 손대 볼 수 있는 투수로 격하시키기에 충분했다.

'하나 더.'

그러나 그럼에도 노 스트라이크 원 볼, 유리한 볼카운트에
더욱 여유를 얻은 버스터 포지는 다시 기다림을 택했다.

뻐엉—!

[이번에도 빠집니다! 2—이]

[구속이 더 떨어졌어요. 96마일이 나왔습니다. 이거 정말로 부상이
있는 건 아닌가 걱정되는데요.]

더더욱 떨어진 구속.

그렇지만 버스터 포지는 또다시 기다리기로 했다.

저 루키 같지도 않은 능구렁이가 부상을 당한 척하고 있는
걸지도 몰랐거니와.

부상이 진짜 있다면 더더욱 그가 빠르게 승부에 임해 줄
필요가 전혀 없었으니까.

'한 군데가 삐거덕거리면, 곧 다른 데서도 아우성치는 게
인간이거든.'

행군을 하다가 한쪽 발에 물집이 잡히면, 그 물집에서 파
생되는 통증과 물집을 악화시키지 않으려는 어쩔 수 없는 움
직임 때문에 다른 발에도 곧 문제가 생기는 것이 인간.

볼카운트도 유리한 마당에 더 던지게 만들면 만들수록 버
스터 포지에게는 하등 나쁠 것이 없었다.

또한 한 가지 더.

'부상이 있다면, 반드시 실투가 올 거다.'

투수에게 가장 많은 장타를 허용하는 그 이름, 실투.

김신의 실투는 한 경기에 한 번도 보기 어렵지만, 익숙지 않은 상황에서 통증을 참으며 던진다면 충분히 기대해 볼 만 했다.

지금은 무려 월드 시리즈 7차전이었으니까.

[김신 선수, 제3구!]

뻐엉-!

한 번, 두 번, 세 번, 네 번, 다섯 번……. 위태로운 포구 음과 둔탁한 타격 음이 번갈아 울려 퍼졌다.

따악-!

[다시 파울! 버스터 포지 선수, 끈질기게 물고 늘어지고 있습니다!]

얼마든지 던져 보라는 듯 타석에 당당히 버티고 선 버스터 포지의 모습에 김신이 쓴웃음을 베어 물었다.

'역시 이렇게 나오는 건가…….'

예상은 했다.

눈은 양측 모두에게 동일하게 있었고, 양키스 더그아웃에 서 눈치챘으면 자이언츠 벤치에서도 익히 그가 정상적인 상 태가 아님을 생각했을 터.

이기거나 집에 가야만 하는 월드 시리즈 7차전에서 눈에 보이는 상대의 약점을 물어뜯지 않을 이유가 하나도 없었다.

그러나 예상 문제를 뽑아 봤다면 해답 또한 준비하는 것이

인지상정.

'살을 주고, 뼈를 깎는다.'

비록 위험 부담은 있었으되, 충분히 해답이 될 수 있는 선택지가 김신에게는 있었다.

"흐읍—!"

1-0이라는 데릭 지터가 선물한 가호 아래.

기합 소리와 함께 김신의 해답이 날아들었다.

'실투!'

정직하게 존 한가운데를 향해 쏘아져 들어오는 공.

반사적으로 휘둘러진 버스터 포지의 방망이가 그 공을 후려갈겼다.

따악—!

[센터 필드! 큽니다!]

그러나 그 공은 버스터 포지가 생각했던 것보다, 김신이 이번 타석에서 구사한 7개의 공보다 아주 조금 더 빨랐고.

그 차이가 양키스의 중앙을 책임지는 노련한 외야수에게 시간을 선사했다.

타다다닥—!

그의 내야 안타 비율이 20%를 상회할 수 있게 만든, 그라운드에 공을 떨어뜨리고도 홈을 밟을 수 있도록 허락하는 빠른 발이 외야를 가로질렀다.

그리고 야구 하나에 바친 20년이 넘는 시간이 그의 등을 부드럽게 밀었다.

투욱-!

펜스 바로 앞에서 자이언츠 팬들의 기대가 좌절됐다.

[스즈키 이치로-! 그가 잡아냈습니다! 환상적인 다이빙 캐치-! 마치 슈퍼맨처럼 날았습니다!]

웬만한 상황이 아닌 한, 가슴에 흙을 묻히는 걸 극도로 꺼리는 남자가 흙 범벅된 가슴을 드러내며 환하게 웃었다.

　

김신은 흔들렸다.

따악-!

물론 모험성 짙은 수였지만 버스터 포지의 심리를 역이용한 한가운데 '배짱투'로 아웃을 이끌어 내기도 했고.

그가 생각했던 대로 불펜의 다른 투수들보다 모든 면에서 낫기는 했다.

아주 근소하게.

하지만 그것들이 김신의 흔들림을 부정하진 못했다.

따악-!

평소의 김신이었다면 상상하지 못할 빈도로 타격 음이 울려 퍼졌다.

자이언츠 유니폼을 입은 누군가는 실투를 노려 쳤고, 누군가는 신계에서 인간계로 내려온 김신을 실력으로 공략해 냈다.

하지만 샌프란시스코 자이언츠에게는 안타깝게도, 야구에는 BABIP라는 용어가 있었다.

BABIP(Batting Average on Balls In Play).

인 플레이된 타구에 대한 타율을 이르는 말.

어떤 시즌, 어떤 선수를 분석해 봐도 이 BABIP가 1.0을 넘기는 경우는 단 하나도 없었다.

즉, 아무리 타격을 했더라도 그 타격이 100% 안타로 연결되는 일은 없다는 소리다.

이번 시즌 그들에게 수많은 승리를 떠먹여 줬던 에이스를 위한 양키스 야수들의 놀라운 집중력이 이번 경기 샌프란시스코 자이언츠의 BABIP를 현저하게 억제했다.

[브렛 가드너, 언빌리버블 캐치! 주자 부리나케 1루로 귀루합니다!]

양키 스타디움의 중앙과 좌측을 책임지는 발 빠른 외야수들은 타구보다 먼저 그라운드를 누볐고.

[아앗, 악송구! 여기서 악송구가 나옵니다! 주자 다시 2루로…… 게리 산체스ㅡ! 환상적인 백업! 2루 송구! 아웃입니다! What a double play! 게리 산체스가 이닝을 강제로 셧다운시켰습니다!]

[하하, 헌터 펜스 선수는 2루로 갔다가 다시 1루로 돌아왔다가 또 2루로 가던 중에 아웃이 되고 마네요. 진풍경입니다.]

게리 산체스는 자신의 향상된 수비력을 만천하에 각인시켰으며.

[이 타구가 우중간을 가릅…… 오 마이 갓! 아웃입니다! 추신서의 어깨가 그레고르 블랑코 선수의 안타를 훔칩니다!]

[추신서 선수가 사실 투수 출신이거든요! 오늘 양키스가 그 덕을 톡톡히 봅니다!]

1회, 김신의 배트 강습 탓에 묻힌 호수비가 아쉬웠던 건지 우익수 추신서는 이번 경기에만 두 번의 우익수 앞 땅볼을 만들어 냈다.

그뿐인가?

내야진도 뒤지지 않았다.

뻐엉-!

[매니 마차도-! 정말 아름다운 송구입니다! 원아웃!]

[앉은 자세에서도 정확하고 강한 송구를 뿌렸습니다. 매니 마차도 선수. 이 선수도 어깨가 참 좋아요.]

따악-!

[강력한 타구! 오우! 조시 도널드슨에게 걸렸습니다! 거의 2미터는 뛰어오른 것같이 보였는데요!]

[오늘 양키스 야수들이 작정한 듯싶네요. 거미줄입니다. 거미줄! 타구가 빠져나가질 못해요!]

2회, 3회, 4회.

출루는 있었으되, 홈플레이트를 밟은 자이언츠는 단 한 명도 없었다. 문제는…… 양키스 또한 그러했다는 것.

따악-!

[잘 맞은 타구! 3루 쪽 빠집…… 브랜든 크로포드! 왜 여기 있나요! 유격수가 왜 여기 있나요! 2루에서 아웃! 1루에서도…… 아웃입니다! 닉 스위셔의 병살타!]

[오늘 양 팀 선수들이 글러브로 일을 낼 모양이네요. 월드 시리즈 7차전에 걸맞는 명장면들이 계속해서 펼쳐지고 있습니다.]

1-0. 양키스의 숨 막히는 리드가 계속해서 유예됐다.

물론 평소였다면 양키스 팬들은 팔짱을 낀 채 이렇게 말했을 것이다.

"1점? 그거면 승리하는 데 충분하지."

"그럼! 1점이든 10점이든 어쨌든 우리가 이긴다는 건 똑같으니까."

하지만 오늘만큼은 그럴 수 없었다.

5회 초.

뻐엉-!

[베이스 온 볼스! 2사 주자 없는 상황에서 앙헬 파간 선수가 공격의 불씨를 이어 갑니다!]

언제나 그들의 눈앞에서 상대 투수를 무릎 꿇렸던 승리의 상징이.

뻐엉-!

[연속 볼넷! 2사 주자 1, 2루가 됩니다! 투아웃까지 잘 잡아 놓고 상위타선을 맞아 고전하고 있는 김신 선수!]

적보다 먼저 한계를 맞이했다.

"허억, 허억……!"

알고 있었다. 간단한 필드 닥터들의 처치만 받은 채 부상을 안고 여기까지 온 것만 해도 기적이라 불릴 만한 투혼임을.

2회 초, 피칭을 방해하는 통증을 안고 있었음에도 그 어떤 핀스트라이프보다 낫다고 자부했던 투수는 이제 없다는 것을.

'더 이상은 고집일 뿐.'

아무리 동료들이 날고기어도 공이 그라운드에 떨어져야 아웃 카운트를 잡아낼 것이 아닌가.

사구만으로 두 개의 루를 허용한 투수가 천천히 호흡을 가다듬었다.

"후우……."

아쉽지 않다면 거짓말이었다.

적어도 이번 이닝까지는 마무리하고 싶었다.

자신의 손으로 월드 시리즈 우승을 확정 지을 수 없다는 현실을, 저 하늘에서 지켜보고 있을 존재에게 거하게 침을 뱉어 줄 수 없다는 사실을 받아들이는 게 쉬울 리 없었다.

하지만 김신은 인정했다.

'내 시간은 여기까지다.'

이제는 조 지라디 감독과 한 약속을 지켜야 할 때였다.

때가 되면 군말 없이 물러나겠다는 약속을.

"고생했다, 킴. 뒤는 동료들에게 맡겨라."

아직 스러지지 않은 악력이 아쉬움을 토해 냈어도.

"……예."

김신은 순순히 공을 조 지라디에게 건넸다. 담담히 자신의 영역에서 물러나는 그의 등 뒤로 여덟 개의 시선이 박혀 들었다.

그 시선을 느끼며, 김신이 조용히 뇌까렸다.

'뭐가 됐든, 우리를 가로막는 놈들 엉덩이 좀 시원하게 걷어차 주십시오.'

그 진심에 답하는 것처럼, 양키 스타디움이 진동했다.

짝짝짝짝짝ー!

그리고 우레와 같이 쏟아지는 관중들의 기립박수 속에서.

"응? 저거 뭐야? 어이, 피터. 내가 지금 제대로 보고 있는 거 맞나? 교체될 투수 이름이……."

"제대로 보고 있는 거 맞아. 나한테도 그렇게 보이니까."

승리를 위한 조 지라디 감독의 파격적인 선택이 베일을 벗었다.

[역시 김신 선수가 마운드를 내려갑니다. 그런데, 놀라지 마십시오. 조 지라디 감독이 내세운 카드는 바로…….]

다음 권으로 이어집니다